KARSTEN KREPINSKY

Blutroter Schleier

Zum Buch

Blutroter Schleier

Sieben Menschen. Eine Bohrinsel. Und ein düsteres Geheimnis.

In ausgelassener Stimmung lässt sich eine Gruppe von Mitarbeitern des Weltkonzerns *Global Companion* zu einer Yacht im Atlantik fliegen. Ein einwöchiger Luxusurlaub erwartet die Gewinner der Firmenlotterie. Doch es kommt anders als erwartet. Ein schweres Unwetter zwingt den Piloten des Hubschraubers, auf einer verdunkelten Bohrinsel notzulanden. Die Besatzung ist verschwunden. Blutlachen zeugen von schrecklichen Vorkommnissen an Bord. Schon bald gibt es den ersten brutalen Mord. Wer steckt dahinter? Und wer ist das nächste Opfer? Das Einzige, was sicher scheint, ist der Tod, der sich wie ein blutroter Schleier über die künstliche Insel im Atlantik legt …

Ein Psychothriller von Karsten Krepinsky

KARSTEN KREPINSKY
Blutroter Schleier

(c) 2019 Dr. Karsten Krepinsky
Originalausgabe, Dezember 2019
Umschlaggestaltung: die Typonauten
Lektorat: Ursula und Ingo Krepinsky

Herstellung und Verlag: BoD - Books on Demand, Norderstedt
ISBN: 978-3-7519-8363-1

www.nichtdiewelt.de

Für alle, die sich gerne überraschen lassen …

»Wenn du etwas nicht besitzen kannst, zerstöre es.«
Lex Lovenberg

Prolog

Meine Hände! Oh, meine wunderschönen Hände! Die weißen Baumwollhandschuhe färben sich rot ein. Irgendwann sind die Handschuhe durchtränkt von meinem Blut. So rot, meine wunderschönen Hände! — Ich hatte schon häufiger diesen Traum gehabt, aber so realistisch hat er sich nie zuvor angefühlt.

Was ist diesmal anders?

Es ist da dieser alte Mann.

Was macht er?

Der alte Mann zieht mich an meinen Händen aus dem Bett. Wissen Sie, ich fühle mich so gut aufgehoben in meinem Bett. Es ist so kuschelig unter der Decke. Doch der alte Mann zerstört die Geborgenheit, die ich empfinde. Er nimmt mir alles.

Was denken Sie, hat das zu bedeuten?

Das weiß ich nicht. Ich hab' noch nie von diesem alten Mann geträumt. Er trägt einen langen Mantel und Hut. Ich bin kein furchtsamer Mensch, wissen Sie. Da muss ich schon weit zurückblicken, dass ich vor etwas Angst hatte. Als Kind fürchtete ich mich vor dem, was unter meinem Bett passiert. Diese Geschichten mit dem großen Wandschrank, in dem ein Monster lauert. Wer kennt das nicht. Bei mir war es das Bett. Oder besser gesagt, was unter meinem Bett so vor sich geht.

Hatten Sie Alpträume deswegen?

Ja, früher. Häufig.

Und in letzter Zeit?

Niemals. Ich reise oft, komme durch meinem Job viel rum. Manchmal schlafe ich alleine, manchmal liegt ein Mann neben mir. Diesmal habe ich das Bett nur für mich. Ich fühle mich unter der Decke so geborgen. Draußen regnet es, müssen Sie wissen. Es gibt da diesen Sturm. Ich denke, es ist das schwerste Unwetter, das ich je erlebt hab'. Ich bin mit einem Flugzeug abgestürzt. Oder ist es ein Hubschrauber gewesen? Ich bin mir nicht sicher. Alles fühlt sich merkwürdig weit weg an. Jedenfalls bin ich auf einer Insel gestrandet. Na ja, es ist keine Insel im eigentlichen Sinn. Nicht aus Stein und Sand ist die Insel jedenfalls, sondern ganz und gar ... irgendwie ... also ... metallisch. Ja, metallisch, das beschreibt es am besten. Die Insel ist auf jeden Fall von Menschen gemacht.

Und dann kommt dieser alte Mann zu Ihnen?

Unter der Bettdecke ist es doch so kuschelig.

Was macht der alte Mann mit Ihnen?

Schrecklich. Er zieht mich aus dem Bett. Ich schreie, schlage wie wild um mich, doch der alte Mann ist stark. Warum ist er nur so mächtig? Verdammt nochmal, er ist nur ein Greis. Und ich bin eine Frau, die sich zu wehren weiß. Aber er reißt mich mühelos zu Boden. Wie kann das sein? So ein alter Mann mit diesen unglaublichen Kräften?

Was empfinden Sie?

Es ist ein Gefühl der Kälte.

Sie verspüren keinen Schmerz?

Vielleicht am Anfang. Da hat es ... muss es höllisch weh getan haben, wenn man an das ganze Blut denkt. Aber jetzt schmerzt es nicht mehr. Der alte Mann sieht eigentlich freundlich aus. Trägt einen Bart und lächelt. Aber da ist etwas in seinem Gesicht. Etwas Verstörendes. Furchtbares. Seine Haut. Sie verändert sich. Schwarze Flecken tauchen auf seinem Gesicht auf und verschwinden wieder. Wie dunkle Schatten.

Können Sie sich denken, was das bedeuten soll?

Nein, das ist mir schleierhaft.

Haben Sie diesen alten Mann schon früher gesehen?

Ich weiß es nicht.

Denken Sie nach.

Es könnte sein.

Wann haben Sie ihn gesehen?

In Berlin. Irgendwo da. Ich erinnere mich nicht genau.

Versuchen Sie es.

Warum ist das so wichtig?

Alles ist wichtig.

Hören Sie auf, mich zu quälen. Ich möchte jetzt endlich meine Ruhe haben.

Ich bin nicht dazu da, um Sie zu quälen.

Natürlich nicht. Sie sind mein Therapeut.

Warum denken Sie, dass ich Ihr Therapeut bin?

Wer sollten Sie sonst sein?

Ich bin nicht ihr Therapeut.

Natürlich nicht. Jedenfalls nicht wirklich. Das ist ein Traum. Sie sind der Therapeut, den sich mein Unterbewusstsein ausgedacht hat.

Wie kommen Sie darauf?

Hab' ich mal in 'nem Artikel gelesen.

Das ist kein Traum.

Kein Traum? Nicht? Sie machen Witze! Was soll das hier sonst sein?

Ihr Schmerz ist zu stark. All die Wunden, die sie haben.

Ich hab' keine Ahnung, wovon Sie sprechen.

Ich will es Ihnen erklären. Es ist wie bei einem Gnu, das von Löwen gerissen wird.

Ich bin kein Tier.

Das weiß ich auch. Es ist ein Beispiel, damit Sie verstehen, was mit Ihnen passiert.

Gut.

Zuerst wehrt sich das Gnu nach Leibeskräften, will nicht wahrhaben, dass es gefressen wird. Aber irgendwann, wenn die Lebensenergie nicht mehr reicht, gibt das Gnu den Kampf verloren. Endorphine werden ausgeschüttet, um das Leiden zu verringern. Apathisch starrt das Tier vor sich hin. Die letzten Augenblicke seines Lebens ist der Verstand des Tieres losgelöst von den Qualen, die der Körper durchstehen muss.

Ja und? Was hat das mit mir zu tun?

Sie können jetzt aufhören zu kämpfen.

Ich kann aufhören zu kämpfen?

Ja.

Warum zum Teufel sagen Sie das?

Um es ihnen leichter zu machen.

Was leichter zu machen?

Das Sterben.

1

Bedrohlich türmte sich die pechschwarze Wolkenfront am Horizont auf. Die Wellen des aufgewühlten Meeres schlugen meterhoch. Mit voller Wucht peitschte Starkregen gegen die Scheiben des *CH 53 Sea Stallion.* Der Pilot steuerte den Transporthubschrauber geradewegs in das Unwetter hinein. Noch bekamen die Passagiere in der luxuriös ausgestatteten Kabine des CH 53 nicht viel mit von der Naturgewalt, die sich unaufhaltsam näherte. Auf Flachbildschirmen flimmerte ein Werbevideo der Firma *Global Companion.* Es waren Aufnahmen lächelnder Menschen, die über eine grüne Wiese schlenderten. Beschwingt und sorglos schauten die makellosen Werbemodels in die Kamera. GC kümmerte sich um alles, war die Botschaft des Clips. Es gab nichts, weswegen sich der Kunde Sorgen machen musste. Die Philosophie des Weltunternehmens war, den Menschen durch das Leben zu begleiten, ein treuer Kompagnon in allen Lebenslagen zu sein. Im Laufe der letzten Jahrzehnte hatte der mächtige Mischkonzern tausende andere Industriebetriebe aufgekauft und sich in vielen Ländern der Erde eine Monopolstellung gesichert. Das Firmenlogo prangte auf Bieren, Zahnpasten, Kaffees, Handys, Kühlschränken, Computern und Medikamenten. Global Companion war Stromanbieter, Versicherer, produzierte Elektroautos, baute Häuser und gewährleistete die Sicherheit auf Großveranstaltungen. Kam man ins Krankenhaus, war die Wahrscheinlichkeit hoch, dass man sich in einem Bett von GC wiederfand und die Infusion in einem GC-eigenen Unternehmen hergestellt wurde. Von der

Wiege bis zur Bahre begleitete das Logo von Global Companion den Menschen.

Sechs Angestellte des Konzerns saßen auf den gepolsterten Ledersitzen in der Passagierkabine des GC-Hubschraubers. Jeder von ihnen trug ein Namensschild. Da es bei GC üblich war, sich untereinander zu duzen, stand nur der Vorname darauf. Weder die Rolle innerhalb der Firma konnte vom Sticker abgelesen werden, noch war ein Titel angegeben. Drei Männer und drei Frauen waren es, die in der GC-Lotterie gewonnen hatten. Alle, von der Kassiererin im GC-Supermarkt bis zum CEO einer der GC-Investmentbanken, bekamen bei der jährlichen Auslosung die gleiche Chance, aus der digitalen Lostrommel gezogen zu werden. Der Hauptpreis war ein einwöchiger Luxusurlaub auf der Yacht *Love One*, die vor der Küste Schottlands vor Anker lag.

Kim schlug die Beine übereinander und drehte sich zu Rick um. Der Mittzwanziger war ein äußerst attraktiver Mann mit kantigem Gesicht, leuchtenden blaugrauen Augen, dunklen Haaren und breiten Schultern. Kim seufzte innerlich. Leider war Rick für eine Frau von 1,81 m etwas klein geraten. Und etwa zehn Jahre zu jung. Bei dem Piloten des Hubschraubers, mit dem sie kurz in Glasgow auf dem Rollfeld reden konnte, hingegen stimmte alles. Groß gewachsen, grau meliert, vielleicht Ende dreißig wie sie selbst. Mike war ein Typ wie George Clooney in seinen besten Jahren. Reif, männlich und doch von einer neckischen Verspieltheit, die signalisierte, dass er den Charme der Jugend noch nicht verloren hatte. Leider trugen Mike, Rick und auch die beiden anderen Männer an Bord des Hubschraubers allesamt Bärte. Kim fluchte über dieses unselige Hipstertum, das sich wie eine

Seuche ausweitete und ihr Horden von Männern bescherte, die das stachelige Unkraut in ihren Gesichtern wuchern ließen. Kim mochte es am liebsten glattrasiert bei einem Mann, und zwar am ganzen Körper. Nur der Kopf bildete eine Ausnahme, denn den kahlen Jason-Statham-Typen fand sie ebenso unattraktiv. Da sich Mike in der Kanzel des CH53 außer Sichtweite befand, war Rick Kims Favorit – zumindest während des Flugs. Ed und Claas, die ihr gegenübersaßen, zogen Kim in sexueller Hinsicht in keiner Weise an. Claas war ein langer Schlaks mit roten Haaren und androgynen Zügen. Eine unnahbare, nahezu asexuelle Erscheinung. Der perfekte metrosexuelle Gegenentwurf zum vor Kraft strotzenden Piloten Mike. Ed, Mitte vierzig, mit tiefen Stirnfalten und mürrisch dreinblickend, fand Kim von den drei Männern am unattraktivsten. Sie drückte den Rücken durch und räkelte sich lasziv im Ledersitz. Ihre Brüste schoben sich über den Gurt, der nun wie ein Push-up-BH wirkte. Ricks Aufmerksamkeit war erregt. Wie süß er lächelte, registrierte Kim verzückt. Wenn er doch nicht nur zu klein für sie wäre, haderte sie und biss sich auf die Unterlippe. Doch auch Kim war nicht perfekt. Gegenüber ihrem atemberaubenden Körper schien den Männern auf der Straße ihr Gesicht keinen zweiten Blick wert zu sein. Wie oft spürte Kim die Blicke von Verehrern im Rücken. Wie sehr genoss sie es, wenn ihr schlanker Körper im Mini abgetastet wurde. Doch dann registrierte Kim die Enttäuschung in den Augen der Bewunderer just in dem Moment, als sich diese zu ihr umdrehten. Es war das Brechen eines erotischen Versprechens, eine zerstörte Fantasie, die sich in den enttäuschten Gesichtern der Männer spiegelte. Hässlich war Kim nicht, nur nicht von jener Schönheit und Anmut, die einen Mann um den Verstand brachte. Unscheinbare

Langeweile, als wäre dem göttlichen Steinmetz bei der Ausarbeitung ihres Antlitzes beim Übergang vom Hals zum Kopf die Leidenschaft und Hingabe abhanden gekommen. Es war nun einmal, wie es war. Kims Zeit kam dann, wenn sie leicht bekleidet flirten konnte. Im Pool oder am Strand, wenn die Blicke der Männer selten höher wanderten als bis zu ihren makellosen Brüsten. Der Körper war Kims Trumpf, Kapital schlug sie aber aus ihren perfekt geformten Händen. Kim zog die Baumwollhandschuhe aus und inspizierte ihre Finger mit kritischem Blick. Die Pflegelotion war vollständig in die Haut eingedrungen. Derzeit arbeitete sie für GC-Fashion als Handmodel. Kim achtete peinlich darauf, dass die Haut ihrer Hände keinen schadhaften Einflüssen ausgesetzt war. Im Sommerurlaub trug sie dünne Handschuhe, um die Zellen vor schädlichen UV-Strahlen zu schützen. Elfenhaft grazil waren ihre Finger. Wenn in Werbebroschüren Hände mit dem Teint einer hellen mitteleuropäischen Haut zu sehen waren, handelte es sich mit hoher Wahrscheinlichkeit um Kims Hände.

»Mann, lange halte ich diese Werbescheiße nicht mehr aus«, sagte Ed genervt. »Ich dachte, wir hätten hier das große Los gezogen. Eine Woche auf dieser Luxusyacht. Und jetzt müssen wir uns diese flachbrüstigen Models mit ihrem dümmlichen Grinsen reinziehen.«

Liv, die neben Ed saß, fuhr sich mit der Hand über ihren Dutt. »Betrachte den Transfer mit dem Hubschrauber als Vorspiel. Erst wenn wir auf der Yacht sind, geht es los.«

»Wenn das hier das Vorspiel sein soll«, brummte Ed, »dann kann ich auf den Sex gerne verzichten.«

Der Hubschrauber wurde von einer Böe erfasst und die Insassen wie in einer Achterbahn durchgeschüttelt.

Liv lehnte sich zu Ed hinüber. »Love One ist ein Mythos. Ich bin mir sicher, das wird ein Abenteuer, das wir nie vergessen werden.«

Kim musterte ihre Konkurrentin argwöhnisch. War Liv dazu in der Lage, ihr auf der Yacht die Show zu stehlen? Liv war eine Halbasiatin mittleren Alters. Ihre Haut wirkte jugendlich zart, aber in ihr Gesicht war die Erfahrung eines gut vierzigjährigen Lebens geschrieben. Kluge, wache Augen, die ihre Umwelt abtasteten. Sicher zog Liv einen anderen Männertypus an, war Kim beruhigt: den intellektuellen Denker. Kim lachte in sich hinein. Den Griesgram Ed konnte sie gerne haben. Nun musste sie nur noch eine Konkurrentin an Bord des Hubschraubers ausstechen – und die war von einem anderen Kaliber. Joy war eine rotblonde Frau von Mitte zwanzig mit Porzellanteint und einer Figur, die für den Laufsteg wie geschaffen war. Kim vermutete, dass Joy als Model arbeitete. Die Haare hatte sie mit Hilfe von Haarstäben nach hinten gesteckt, ein wenig untergewichtig und anämisch war Joy, wie es in der Model-Branche üblich war. Kim hoffte darauf, dass Joy wie viele Models Bulimie hatte und der ständige Gang zur Toilette ihre Dates vermieste. Kim versuchte einen Blick auf Joys Zähne zu erhaschen, doch die perfekt geformten, vollen Lippen gaben den Blick auf die Schneidezähne nicht frei. So konnte Kim nicht erkennen, ob Joys Zahnschmelz durch den ständigen Kontakt mit Magensäure angegriffen war.

»Ich frage mich wirklich, was das soll«, sagte Joy. Durch die Seitenscheibe des Hubschraubers betrachtete sie das aufgewühlte Meer. »Gestern war bestes Wetter und da bleiben wir im Hotel. Und heute? Na, seht selbst nach draußen.«

»Die Firma weiß genau, was sie tut«, erwiderte Rick gelassen. »Vielleicht wollen die uns ein wenig Nervenkitzel bieten.«

»Nervenkitzel?«, wunderte sich Joy. »Darauf kann ich verzichten.«

»Reg dich nicht auf.« Rick lächelte Joy an. »Die ziehen das hier nicht von der Woche auf der Yacht ab. Es ist ein Tag bezahlter Urlaub mehr.«

»Als ob das 'ne Rolle spielen würde, wenn wir die ganze Zeit auf der Krankenstation verbringen.«

»Mach dir keine Sorgen. Die paar Turbulenzen hält der *Sea Stallion* schon aus. Die waren mit den Dingern in Afghanistan und in den Siebzigern sogar in Vietnam. Einer wurde da mal von zwei RPGs getroffen und ist trotzdem weitergeflogen.«

Ed runzelte die Stirn. »RPGs?«

»Rocket-propelled grenades«, sagte Rick lächelnd. »Panzerfäuste.«

Ed klopfte dreimal auf die Lehne seines Sitzes. »Na ja, Taliban gibt es vor der Küste Schottlands wohl eher nicht. Bei Vietcong bin ich mir dagegen nicht so sicher.«

»Hoffentlich gibt es irgendwo Papiertüten für den Notfall«, bemerkte Joy, während sie vergeblich das Magazinfach ihrer Seitenlehne durchstöberte. »Mein Magen reagiert bei so was immer ganz schön empfindlich.«

Kim triumphierte innerlich. Joy war nicht mehr als ein zerbrechliches Porzellanpüppchen. Kim fühlte sich ihr haushoch überlegen, war sie selbst doch athletisch und robust. In fünfzehn Jahren musste Kim kein einziges Foto-Shooting absagen. Und mental war sie ein Monstrum. Den New-York-Marathon vor zwei Jahren hatte Kim mit einem Muskelfaserriss durchgestanden.

»Nimm doch den Champagnerbottich«, schlug Ed vor. »Da wird deine Kotze sogar noch gekühlt.«

»Igitt«, ekelte sich Joy.

Ed lachte auf. Es wunderte ihn, dass Joy mit seinen sarkastischen Bemerkungen nicht umgehen konnte. Sie war ganz offensichtlich eine intelligente Frau. Gleichzeitig amüsierte Ed sich immer, wenn er andere durch seine Kommentierungen aus der Fassung brachte.

Joy schüttelte sich, holte eine Medikamentenpackung aus der Handtasche und drückte eine Ingwertablette aus dem Blister. »Ich wusste, dass es ein Fehler war, die Reise anzutreten«, sagte sie und warf sich die Tablette ein. »Ich hätte das Labor gar nicht verlassen dürfen. Ich hab' extra 'n wichtiges Experiment unterbrochen. Die Algenkultur muss ich wieder neu anziehen.« Joy spülte die Tablette mit Tomatensaft runter.

»Algen?«, fragte Rick. »Was hast du denn mit Algen zu tun?«

»Es sind meine kleinen grünen Schätze.«

»Schätze?«

»Ich arbeite in 'nem Start-up-Unternehmen. Wir erforschen, wie man aus Algen Bioalkohol gewinnt.«

»Wow!« Rick war beeindruckt. »Dann hast du ja studiert. Ich dachte, du wärst Model oder so.«

»Nur weil ich nicht schlecht aussehe, muss ich doch kein Model sein«, erwiderte Joy schnippisch.

Rick lächelte unschuldig. »Also ich bin Barista.«

»GC-Wissenschaftlerin?«, fragte Ed kopfschüttelnd. »Bestimmt noch promoviert?«

Joy nickte, während sie sich wegdrehte.

»Ein verdammter Doktor an Bord«, sagte Ed. »Bist du nicht noch zu jung dazu?«

Joy verschränkte abweisend die Arme vor der Brust. »26. Da kann so was schon passieren.«

»Doktor? Echt?«, hakte Rick bewundernd nach. »Dann kannst du uns ja verarzten, wenn's nötig ist.«

»Meine Güte!« Ed räusperte sich. »Du glaubst, dass jeder, der 'nen Doktortitel hat, Arzt ist? Mensch, bist nicht die hellste Kerze auf der Torte, oder?«

Rick grinste. »Die Kerze, die nicht so hell brennt, brennt dafür umso länger.« Rick hatte keine Probleme mit persönlichen Beleidigungen. Seine Intelligenz hatten schon die Lehrer auf dem Gymnasium in Frage gestellt. Es hatte Rick nie gestört, da er bei den Mitschülern umso beliebter wurde, je heftiger ihn die Lehrer angriffen. Vor allem die Mädchen konnten dem gut aussehenden Rebellen nicht widerstehen. Ihre Herzen flogen Rick scharenweise zu.

»Auch wieder wahr.« Ed verstand, dass er die Frohnatur Rick nicht so leicht reizen konnte. Er füllte zwei Gläser mit Champagner, reichte eins davon Rick und prostete ihm zu. »Na, dann lasst uns zusammen Spaß haben.«

Rick leerte sein Glas in einem Zug. »Was auf Love One passiert, bleibt auf Love One. Das ist nicht umsonst das Motto unseres Urlaubs. Meine Freunde, so eine Gelegenheit bietet sich nur einmal im Leben.«

Kim schloss die Augen. Ihre Gedanken kreisten nur noch um Joy. Wie konnte sie dieses Porzellanpüppchen ausstechen, das nicht nur blendend aussah, sondern auch noch ein verdammtes Genie war, das sich anschickte, die Welt zu retten? Joys Zickigkeit bot eine geeignete Angriffsfläche, glaubte sie. Das war in Kims Augen definitiv ein Plus bei der kommenden Auseinandersetzung. Und die Halbasiatin Liv? Ihre andere Konkurrentin war an den Männern in der Passagierkabine offenbar nicht interessiert. Oder war Rick längst Livs Favorit, und sie sparte ihre Energie? Weder Liv noch Joy würde sie Mike kampflos überlassen. Denn wer blieb da noch übrig? Die Aussicht, mit einem der anderen

Männer an Bord flirten zu müssen, ließ Kims Stimmung ins Bodenlose fallen. Ed, der mürrische Intellektuelle, Rick, der Kaffeekocher für Hipster – gutaussehend, aber unterprivilegiert – und Claas, der Schweigsame mit der von ihr gehassten roten Haarfarbe. Kim hoffte inständig darauf, dass es einen attraktiven *Personal Trainer* auf der Yacht gab. Aber darauf konnte sie sich nicht verlassen.

»Hier ist Mike aus dem Cockpit«, meldete sich der Pilot über die Lautsprecher. »Eine Unwetterfront liegt vor uns. Es wird heftige Turbulenzen geben. Bitte bleiben Sie angeschnallt und suchen Sie das Bad nicht mehr auf. Wir werden in wenigen Minuten Love One erreichen.«

Kim seufzte innerlich. Was für eine tiefe, männliche Stimme. Sie musste Mike unbedingt bekommen.

»Na, unser George Clooney ist ja wirklich auf Zack«, machte sich Ed lustig. »Das Unwetter kann ja wahrlich nur ein Avionik-Experte erkennen.«

Ein heller Lichtblitz zuckte am rechten Seitenfenster vorbei. »Wow, was war das?«, fragte Liv. Beunruhigt blickte sie sich um. Für einen Moment dachte sie, dass die Maschine Feuer fangen würde.

»Ein Blitz ist eingeschlagen«, sagte Claas in belehrendem Tonfall. »Aber macht euch keine Sorgen. Wir sind hier sicher. Der Hubschrauber ist wie ein Faradayscher Käfig.«

Die anderen drehten sich zu Claas um, der während des ganzen Flugs noch nicht geredet hatte. Sie alle schienen für einen Moment über Claas' plötzliche Wortmeldung mehr überrascht zu sein als über die Urgewalt, die durch das Unwetter entfacht wurde. Mit voller Wucht wurde jetzt die Maschine wie ein Spielball hin- und hergeworfen. Die Innenverkleidung knarzte so laut, als würde der Hubschrauber jeden Augenblick zerbrechen.

»Nur keine Panik«, versuchte Rick die anderen zu beruhigen. »Für den Sea Stallion ist das kein Ding.«

Ed sah nachdenklich aus dem Fenster. Zum ersten Mal verschwand das zynische Lächeln in seinem Gesicht. All die souveräne Distanziertheit, mit der er normalerweise seine Umgebung betrachtete, war von einem Augenblick zum anderen verschwunden. Angst machte sich in ihm breit. Er stellte das Glas ab, ohne den Champagner ausgetrunken zu haben. Die Lichter flackerten mehrere Sekunden lang, bevor sie erloschen. Die Notbeleuchtung, die den Weg zu den beiden Exit-Türen wies, tauchte die Gesichter der Passagiere in ein grünes Licht.

Claas musterte Rick verblüfft. »Du scheinst überhaupt keine Angst zu haben?«

»Die Firma hat immer 'nen Plan«, erwiderte Rick. »Das könnte alles 'n Test sein.«

»Test?« Claas hob die Augenbrauen. »Was meinst du damit? Dass GC den Urlaub als Assessment-Center nutzt, um unsere Fähigkeiten besser einschätzen zu können?«

Eds Gesichtsfarbe wechselte ins Graue. »Na, das wird ja immer besser.« Joy bot ihm eine Pille gegen Reisekrankheit an. Ed schluckte die Tablette und zerkaute sie, ohne Flüssigkeit zu sich zu nehmen. »Kein Vorspiel, sondern 'n verdammtes Assessment-Center.«

»Hier ist wieder Mike aus dem Cockpit. Bitte ziehen Sie die Schwimmwesten an, die Sie unter ihren Sesseln finden. Dies ist eine reine Vorsichtsmaßnahme.«

»Jetzt werd' ich aber auch unruhig«, gab Liv zu. »Schwimmweste? Die musste ich noch nie anziehen, obwohl ich seit Jahrzehnten Vielfliegerin bin.«

»Scheiße!« Claas blickte durch die Scheibe nach draußen. »Wir gehen runter! Aber weit und breit ist keine verdammte Yacht zu sehen!«

»Gibt es eigentlich 'n Copiloten?«, kam es Rick in den Sinn.

»Woher soll der kommen?«, brummte Ed. »Etwa unterwegs eingestiegen? Und Stewardessen gibt's auch keine. Die Firma hat an alles gedacht? Am Arsch!«

»Seht!«, rief Rick, während er sein Gesicht gegen die Scheibe presste. »Da unten, da ... da hab' ich was blinken sehen!«

»Hier ist Mike«, dröhnte es aus den Lautsprechern. »Wir gehen jetzt runter. Bereiten Sie sich auf eine raue Landung vor!«

»Soll das 'n Witz sein?«, regte sich Joy auf. »Davon war eben aber nicht die Rede.« Sie kramte nach dem Handy in ihrer Tasche. »Verflucht nochmal ... ich muss ... ich kann ... es ist doch ... das geht doch nicht ... sterben? Einfach so? Wer kümmert sich denn jetzt um meine Algen?«

»Haltet euch fest!«, schrie Claas. Wie die anderen hatte er seine Schwimmweste aus der Ablage gezogen. Krampfhaft hielt er den orangefarbenen Lebensretter in seinen schwitzigen Händen fest. Das Adrenalin ließ seinen Körper erstarren. Eine Böe nach der nächsten riss an der Maschine. Das Geräusch der Rotoren wurde lauter, um dann vollständig zu verstummen. Einige Sekunden herrschte Totenstille.

»Fertig machen für den Impact!«, meldete sich die Stimme aus dem Cockpit. »Alles festhalten!«

»Oh, mein Gott«, flüsterte Ed.

Kim bekreuzigte sich, obwohl sie seit Jahren nicht mehr in die Kirche gegangen war.

»Das ist 'n kontrollierter Absturz!«, rief Rick. Seine Augen leuchteten, als hätte er ein Leben lang auf diesen einen Moment gewartet, sich auszeichnen zu können. Heldenhaft dem Tod gegenüberzutreten. »Wenn die Maschine ins Wasser knallt, reiß ich sofort die Tür auf. Macht euch keine Sorgen. Ich hol' alle raus!«

»Wie kalt ist der Atlantik um diese Jahreszeit?«, murmelte Kim vor sich hin. »8 °C?« Niemand überlebte länger als zehn Minuten in dieser Kälte. Selbst sie nicht, die den New-York-Marathon mit einem Muskelfaserriss durchgestanden hatte.

»Da unten ist Licht! Da blitzt doch was!« Eds Kehle schnürte sich zu. Inmitten des tosenden Meeres meinte er, für eine Sekunde lang eine Insel mit einem hohen Turm erkannt zu haben. War es real oder halluzinierte er im Angesicht des Todes? Ed zog sich die Schwimmweste über den Kopf, legte den Gurt um die Hüfte und ließ die Schnalle einrasten. Vor dreißig Jahren war er dem Tod schon einmal von der Schippe gesprungen. Geborgte Zeit, wie ihm jetzt schien. Der Tod stand ein zweites Mal vor der Tür. Ed steckte die Pfeife in den Mund, mit der man auf sich aufmerksam machte, wenn man im Wasser trieb. Sein Ende hatte er nun deutlich vor Augen. Vielleicht gab es bei der Rettungsmannschaft einen wie ihn, der beim Anblick einer steif gefrorenen Leiche, der eine lächerliche Trillerpfeife zwischen den Zähnen klemmte, seinen Spaß hatte. Wie auch immer es sein mochte, zweifellos ging der letzte Scherz auf seine Kosten.

2

Auf einer Hubschrauber-Landeplattform irgendwo im Nordatlantik ...

»Wo sind wir?« Auf dem Boden kriechend versuchte sich Joy zu orientieren. Die Passagierkabine des Sea Stallion war voller Rauch. Joy hustete. Sie zog am Seil ihrer Schwimmweste, die sich innerhalb von Sekunden selbsttätig aufblies. »Raus hier! Raus!«, hörte sie jemanden rufen. Wie eine Ameise, die sich an der Duftspur ihrer Geschwister orientierte, kroch sie entlang eines grün beleuchteten Bodenstreifens zum Exit.

»Wo bleibst du denn?« Rick ergriff Joys Arm und zog sie aus dem Hubschrauber. Seine Lederjacke war vollkommen durchnässt, die langen Haarsträhnen klebten an der Stirn. »Was hast du so lang gemacht?«

Joy warf einen Blick in die verrauchte Passagierkabine zurück. »Meine Tasche ... ich brauch' doch meine Schlüssel ... und auch meinen ... Glücksbringer.«

»Bist du OK?«

Benommen fasste sich Joy an die Stirn. Sie schmeckte das Salz des Meerwassers auf ihrer Zunge. »Wo ... wo ist das Meer?«

»Das Meer? Na, unter uns.«

»Unter uns?«, wiederholte Joy wie in Trance, ohne zu wissen, was sie da sagte.

Rick musterte Joy nun besorgt. »Ich glaub', du hast 'nen Schock.«

Blut rann aus Joys Mund, vermischte sich mit Regentropfen und lief an ihrem Kinn herunter. »Meine Lippen ... ich denk, ich hab' mir auf die Lippen gebissen.«

»Kannst du noch?«

Joy nickte.

»Na, dann los!«

»Einen Moment.« Joy zog ihre hochhackigen Schuhe aus und nahm sie in die Hand. »So ist's besser.«

»Jetzt aber schnell! Der Hubschrauber kann jederzeit von der Plattform rutschen!«

»Wie ...? Was ist das hier?«

»Ist doch egal, Hauptsache was Festes unter den Füßen.«

Der Sturm peitschte den Regen auf eine Landeplattform, die hell erleuchtet war. Obwohl die Sonne noch nicht untergegangen sein konnte, war der Himmel pechschwarz. Der Sea Stallion hatte auf den Stahlplatten tiefe Schrammen hinterlassen. Durch die Härte des Aufpralls waren die Reifen geplatzt. Gut dreißig Meter weit war der Hubschrauber gerutscht, ehe die Seile des Fangnetzes ihn stoppten. Joy spürte die Anwesenheit des Meeres, auch wenn sie es in der Dunkelheit nicht sehen konnte. In ihren Ohren verfing sich ein dumpfes, allumfassendes Dröhnen. Ungezügelt und wild rangen die entfesselten Wassermassen mit der Plattform, als wäre diese nur ein unbedeutender Fremdkörper, den es zu verschlingen galt.

»Hier lang! Kommt!« Claas stand am anderen Ende der Plattform und winkte ihnen aufgeregt zu. Einander eingehakt, kämpften Joy und Rick gegen die Gewalt des Sturms an.

»Gleich seid ihr in Sicherheit!« Claas deutete auf eine Treppe, die nach unten führte. »Da sind Schutzräume!«

»Der Sturm wird immer stärker!« Rick wischte sich eine Haarsträhne aus dem Gesicht, um besser sehen zu können.

»Die anderen sind schon unten!«, rief Claas. »Wo ist Mike? Wo ist unser Pilot?«

Rick deutete auf den Sea Stallion. »Der ist noch in der Kanzel. Er hat mir gesagt, dass er noch 'nen Notruf absetzen will.«

»Was hast du gesagt?«, schrie Claas.

»Notruf! Er will noch 'nen Notruf absetzen!«, brüllte Rick.

»Runter jetzt! Dieser scheiß Sturm fegt uns sonst noch ins Meer!«

»Wo sind wir hier nur?«, fragte Joy, an Rick geklammert. Die Landeplattform war nicht mehr als ein einsam strahlendes Lichtfeld, umgeben vom Nichts der Dunkelheit.

»Wir sind am Leben. Das ist alles, was im Moment zählt.«

3

In einer Aufenthaltslounge ...

»Es sieht aus wie 'ne Bohrinsel.« Mike hielt seinen Pilotenhelm in der Hand. Regenwasser tropfte von seinem durchnässten Overall auf den Teppichboden.

»Bohrinsel?«, wunderte sich Claas. »Ist da etwa was in den Karten eingezeichnet?«

»Nein«, erwiderte Mike.

»Woher willst du dann wissen, dass es 'ne Bohrinsel ist?«

»Wir wären fast gegen den Bohrturm geknallt. Es war haarscharf. In letzter Sekunde hab' ich das Steuer rumgerissen.«

Kim wickelte eine Haarsträhne um ihren Zeigefinger und sah Mike verträumt an. Wie sehr genoss sie es, dass sich Ihre Brustwarzen wie damals beim Wet-T-Shirt-Contest in Miami durch die nasse Bluse drückten. »Danke, dass du uns heil runtergebracht hast«, himmelte sie Mike an.

Ed saß an der Theke und nippte an dem Longdrink, den er sich gerade aus Whiskey und Cola gemischt hatte. »Ja, Mike, ganz toll. Erwartest du jetzt von uns Applaus für deine grandiose Leistung oder was?«

»Ich erwarte nichts«, erwiderte Mike. »Ich bin froh, dass alle heil sind.«

»Nein, nein, Ehre, wem Ehre gebührt.« Ed lächelte abschätzig. »Vielen Dank, dass du uns mitten ins Unwetter geflogen hast und wir abgestürzt sind. Das ist sicher 'ne Meisterleistung, die höchstes fliegerisches Talent erfordert.«

»Meinst du, du kannst mich reizen?« Wütend schleuderte Mike seinen Helm auf den Boden. »Meinst du, das gelingt dir? So Arschlöcher wie dich kenne ich zur Genüge. Hörst du? Große Klappe und nichts dahinter. Immer 'nen zynischen Spruch auf Lager, aber wenn's ernst wird, zieht ihr den Schwanz ein.«

Ed drehte sich auf seinem Barhocker um und sah Mike scheinbar gelangweilt an. »Zumindest fliege ich keine ahnungslosen Leute mitten in ein Unwetter biblischen Ausmaßes. Wie blöd kann man eigentlich sein?«

Claas gestikulierte beschwichtigend mit den Händen. »Ruhig Blut! Seien wir doch froh, dass wir noch leben.«

Rick betrachtete Ed, der mit seinem Longdrink immer noch nicht zufrieden schien und einen Schuss Single Malt nachgoss. »Also wenn wir noch in Schottland wären, würden sie dich dafür lynchen, Malt Whiskey mit Cola zu mischen.«

»Du glaubst doch nicht, dass mich das nach so 'ner Notlandung juckt«, erwiderte Ed. »Außerdem ist das Biocola.«

»Sind wir wegen des Blitzes abgestürzt?«, fragte Joy, während sie ihre Jeansjacke über einem Waschbecken der Bar auswrang.

»Ich weiß auch nicht genau, wie es passiert ist«, erwiderte Mike nachdenklich. »Das Unwetter war zwar heftig, aber das ist überhaupt kein Problem für den Hubschrauber. Dann war da plötzlich, wie aus dem Nichts, dieses Leuchten unter uns.«

»Leuchten?« Joy runzelte die Stirn.

Mike fuhr sich mit der Hand über den Bart. »Ich kann nur sagen, dass ohne Vorwarnung der Motor des Hubschraubers ausgefallen ist und ich runtergehen musste. Als wäre die Bohrinsel ... nun ... wie soll ich sagen ... als wäre die Bohrinsel für den Ausfall der Maschine verantwortlich.«

»Was?« Joy wurde hellhörig »Wie soll das gehen?«

»Ich weiß auch nicht. Ich sag' nur, wie ich es empfunden hab'.«

»Ein Pilot mit ‚Empfindungen'.« Ed zog die Augenbrauen hoch. »Das kann ja nicht gutgehen.«

»Was ist eigentlich mit dem Notruf?«, fragte Claas und ging zu einem Billardtisch in der Mitte der Lounge. »Hast du jemanden erreichen können?« Claas ließ beiläufig eine Kugel in ein Loch rollen.

»Ich hoffe schon.«

»Du hoffst?«

»Ich hab' mehrmals SOS gefunkt, aber keine Antwort bekommen.«

»Welche Ölbohrinsel soll denn so weit draußen im Atlantik sein?«, fragte Claas und warf einen Blick auf sein Handy. Das Display zeigte an, dass es kein Netz gab.

»Fast wie die Lobby in einem Hotel.« Verwundert betrachtete Joy die hochwertige Ausstattung der Lounge. Eine Bar mit einer exklusiven Spirituosenauswahl gab es, mehrere Sitzgruppen mit Lederbezügen, dazu einen Billardtisch und einen Großbildfernseher, auf dem ein digitales Kaminfeuer prasselte. »Für eine Bohrinsel ist dieser Luxus hier aber ungewöhnlich. Arbeiten hier nicht nur … na ja … die harten Jungs?«

»Mhm, das passt wirklich nicht zusammen.« Claas fielen mehrere geöffnete Bierflaschen auf, die auf den Tischen standen. »Und wo zum Teufel ist die Besatzung überhaupt?«

Schritte waren zu hören. Joy hielt den Atem an, und auch die anderen starrten zur Tür, die ins Innere des Wohnkomplexes führte.

»Hey«, sagte Liv beim Hereinkommen. Sie rubbelte sich mit einem Handtuch die Haare trocken. »Was ist? Ihr guckt so, als würdet ihr 'nen Geist sehen.«

»Ach, du bist's!« Kim hatte sich in der Aufregung an Mikes Arm geklammert. »Gott sei Dank.«

Auch Joy atmete erleichtert durch. »Wo zum Teufel warst du?«

»Ich hab' mich umgesehen«, erklärte Liv. »Es gibt tolle Schlafkabinen hier. Etwas klein, aber immerhin haben die 'ne gute Ausstattung.«

»Zweierkabinen?« Rick lächelte verschmitzt.

»Na, dann ist die Aufteilung ja klar«, sagte Mike mit diebischer Freude. »Kim und ich, Claas und Liv, Rick und Joy. Nur der kleine Eddie hat 'ne Suite für sich alleine.«

Ed zeigte dem Piloten den Mittelfinger. »Du kannst mich mal, du Proll. Und nenn mich nie wieder Eddie, sonst lernst du mich mal von 'ner anderen Seite kennen.«

»Oh, ich hab' ja solche Angst vor dir.« Mike stellte sich breitbeinig hin und riss die Augen theatralisch weit auf, als fürchtete er sich. Er wusste, dass er den anderen körperlich überlegen war. Der Einzige, der ihm das Wasser reichen konnte, war der um einen Kopf kleinere, aber durchtrainierte Rick.

»Hört ihr jetzt vielleicht mal auf damit«, schritt Joy ein. »Unsere Lage ist schon schlimm genug, da brauchen wir keine Hahnenkämpfe.«

»Ihr könnt eure Männerfantasien ohnehin einmotten«, sagte Liv mit einem Lächeln. »Die haben hier nur Einzelkabinen. Es wird für uns alle also eine keusche Nacht werden.«

»Verdammte Scheiße«, knurrte Ed. »Wieso überlebt man eigentlich 'n Hubschrauberabsturz, wenn man die Nacht dann wie 'n Mönch verbringen muss?«

Kim sagte nichts, aber zum ersten Mal musste sie dem Griesgram Ed zustimmen.

4

Am nächsten Morgen.
Auf einer Bohrinsel irgendwo im Nordatlantik …

»Kein Schiff, kein Land, nur Wasser«, stellte Claas nüchtern fest. Zusammen mit Joy und Rick stand er an einem Fenster in der Lounge der Bohrinsel und starrte auf den Atlantik. Die Morgensonne wurde von einem spiegelglatten Meer reflektiert. Nichts erinnerte mehr an den Sturm vom gestrigen Tag. »Wir sind weit draußen. Verdammt weit weg von der Küste.«

»Es ist auch keine Yacht zu sehen.« Joy seufzte.

»Bestimmt suchen die aber nach uns«, vermutete Rick.

»Dich kann wohl nichts aus der Ruhe bringen. Hast du eigentlich niemals schlechte Laune?«

»Welchen Grund hätt' ich dazu? Ich hab'nen Hubschrauber-absturz überlebt und sehe mir zusammen mit einer bezaubernden Frau den Sonnenaufgang an.«

Joys Wangen wurden rot. Ihre Sommersprossen traten nun deutlich hervor. Joy hatte sich nicht geschminkt, und die Haare standen wild ab. »Mit so Komplimenten kommst du bei mir nicht weit.« Verlegen drehte sich Joy weg.

»Die Frage ist nur«, sagte Claas und strich sich nachdenklich übers Kinn. »Die Frage ist nur, welchen Preis wir dafür bezahlen müssen.«

»Preis?« Joy gähnte. Die Nacht war kurz gewesen. Die ganze Zeit hatte sie sich im Bett von einer Seite auf die andere gewälzt. »Haben wir nicht in der Lotterie gewonnen?«

In Claas' Gesicht huschte ein flüchtiges Lächeln. Dann verfinsterte sich seine Miene von einem Augenblick zum anderen. »Irgendetwas ist hier oberfaul. Wo zum Teufel ist die Mannschaft nur abgeblieben?«

Rick drückte seine Stirn gegen die Scheibe und blickte nach unten. »Was schätzt ihr, wie hoch wir hier sind?«

»Gut 70 Meter über der Grundplatte der Bohrinsel«, sagte Claas.

»Die Wohnanlage, in der wir sind, ist super groß«, bemerkte Rick. »Eigentlich Platz für 'ne Menge Arbeiter. Aber niemand lässt sich blicken.«

»Und die Schlafkabinen waren alle unbenutzt.« Joy verschränkte ihre Arme vor der Brust, als fröstelte sie. »Wie tief ist eigentlich der Atlantik unter uns?«

»Gute Frage«, erwiderte Claas. »Das kommt natürlich darauf an, wo wir sind.«

»Vielleicht haben die Leute die Bohrinsel über die Rettungsschiffe verlassen«, kam es Rick in den Sinn.

Joy musterte den Öllagertank, den Bohrturm und die Rohrleitungen, die sich wie eine gigantische Schlingpflanze scheinbar willkürlich über die Bohrinsel legten. »Auch möglich, dass die Mannschaft 'ne Versammlung abhält.«

»Versammlung?«, wunderte sich Rick. »Warum sollten die das tun?«

Joy schüttelte den Kopf. »Keine Ahnung. Irgendwo müssen die ja sein.«

Die Tür ging auf und Liv betrat die Lounge. Sie trug verlängerten Lidschatten wie eine altägyptische Königin. Ihr asiatisches Aussehen verlieh ihr zusätzlich die Aura des Geheimnisvollen. »Wisst ihr, wo Kim ist?«

»Wer?«, wunderte sich Claas.

»Die mit der super Figur und den Baumwollhandschuhen«, sagte Rick.

»Ach, die.«

Joy warf einen flüchtigen Blick auf ihre Armbanduhr. »Es ist noch recht früh. Vielleicht schläft Kim noch.«

Rick blickte zur Theke hinüber. »Stimmt. Wie unsere Schnapsdrossel hier.« Er deutete auf Ed, der, den Kopf auf den Tresen gelegt, auf einem Barhocker eingeschlafen war. Eine leere Flasche Single Malt Whiskey stand neben ihm.

»Vielleicht weiß Ed, wo Kim ist«, überlegte Liv. »Wollen wir ihn wecken?«

»Mal sehen, was sich machen lässt«, sagte Rick. Er stieß Ed an. »Hey, Kumpel, alles klar bei dir?«

»Weg ... lass mich in Ruhe!« Ed wehrte sich mit einem wütenden Armschwinger, ohne den Kopf vom Tresen zu nehmen. »Weg ... weg.«

»Hast du deine Koje nicht mehr gefunden?«, fragte Rick unbeirrt.

»Koje?« Wie eine Marionette, an deren Fäden ein Puppenspieler zog, richtete sich Ed ruckartig auf. »Was?« Verkatert kämmte sich Ed mit der Hand die gegelten Haare zurück. Seine Augen waren blutunterlaufen. »Scheiße, wo bin ich hier?« Ed brauchte einige Augenblicke, um sich zu orientieren. »Mannomann, für solche Zechgelage bin ich einfach zu alt«, stöhnte er und rieb sich über den schmerzenden Nacken.

»Hast du Kim gesehen?«, fragte Liv, die ein paar Meter Abstand von Ed hielt.

»Wen?«

»Na, wen schon? Die mit der super Figur und den weißen Baumwollhandschuhen natürlich«, sagte Rick mit ironischem Unterton.

Ed stieß auf. Angewidert drehte sich Rick weg. »Mann, du hast vielleicht 'ne Fahne.«

Ed steckte sein Hemd in die Hose und reckte sich. »Was fragt ihr mich? Unser Superpilot weiß bestimmt mehr. An Mike hat sich Kim doch rangeschmissen. Ich würd' mal in den Duschen am Ende des Flurs gucken. Vielleicht ficken die da.«

»Also weißt du, deine Ausdrucksweise.« Vorwurfsvoll schüttelte Liv den Kopf.

»Je vous demande pardon, madame.« Ed rieb sich über die Schläfen. Er wollte lachen, doch dann kniff er, das Gesicht schmerzverzerrt, die Augen zusammen. »Gibt's hier vielleicht Aspirin an Bord?«

Rick ging hinter die Theke und füllte den Siebträger der Espressomaschine mit Pulver. »Ich mach' dir erstmal 'nen Double-Shot-Cappuccino.«

»'N Herz oder 'ne Blume im Milchschaum ertrag ich aber nicht. Keine Hipsterscheiße am frühen Morgen. Nur einen schönen, schwarzen Kaffee. Ist das wohl möglich?«

Rick nickte lächelnd, ohne dass er beleidigt war. »Ich bin Barista. Alles ist möglich.«

»Bei Mike ist Kim garantiert nicht«, sagte Liv. »Mike ist oben beim Hubschrauber. Er versucht, die Maschine wieder in Gang zu bringen.«

»Oh, dieser gottgleiche Mike«, lästerte Ed. »Bruchpilot, Frauenschwarm, Mechaniker. Gibt es eigentlich irgendwas, was dieser Typ nicht kann?«

»Hier ist 'n Americano für unseren Morgenmuffel.« Rick schob eine Tasse über den Tresen.

»Wir sollten wirklich nach Kim suchen«, drängte Liv.

Ed nippte am Kaffee. »Wow, der ist ja richtig gut.« Anerkennend nickte er Rick zu. »Der verdammt beste Kaffee, den ich je probiert hab'.«

»Kim ist bestimmt noch in ihrer Kabine«, vermutete Claas.

»Wo hat sie denn geschlafen?«, erkundigte sich Liv.

»Linke Seite, letztes Zimmer«, sagte Claas.

»Könnte jemand ... vielleicht ... bitte ... mitkommen?« Unsicher rieb sich Liv an ihrer Ohrmuschel.

»Traust dich nicht alleine oder was?«, amüsierte sich Ed. »Hast du etwa Angst?«

»Es ist mir lieber, wenn wir zu zweit an ihre Tür klopfen.«

»Ich begleite dich«, bot Rick an.

Claas nickte. »Ich komm' auch mit. Sicher ist sicher. Wer weiß schon, wer sich hier auf der Bohrinsel noch so rumtreibt.«

»Na, prima.« Ed nahm einen kräftigen Schluck aus der Kaffeetasse. »Dann hab' ich hier endlich meine Ruhe.«

***

»Ist das hier Kims Kabine?«, fragte Liv.

»Da ist sie gestern jedenfalls reingegangen«, sagte Claas.

»Kim! Alles okay bei dir?«

»Hallo?« Liv klopfte mehrmals hintereinander an die Tür.

»Sag nur kurz, dass es dir gut geht. Dann sind wir auch schon weg.«

»Wir machen uns Sorgen!«, fügte Rick mit energischer Stimme hinzu.

Claas schlug mit der Faust gegen die Tür. »Kim! Verdammt! Was ist denn los?«

»Jetzt geht schon rein«, brummte Ed. Die Kaffeetasse in der Hand, schlenderte er auf Joy, Claas und Liv zu, die zusammen vor Kims Kabine standen. »Nehmt doch mal Rücksicht auf meine Kopfschmerzen. Macht irgendwas, Hauptsache, ihr schreit nicht mehr.«

»Gehst du vor?«, fragte Claas an Liv gewandt.

»Warum?«

»Du bist eine … nun ja … Frau … vielleicht ist das besser für Kim?«

Liv zögerte. »Aber wenn da drinnen … du hast eben selbst gesagt … das ist doch … die Besatzung, die ist weg.«

»Das ist ja nicht zum Aushalten. Sind wir denn hier im Kindergarten?« Ed drängte sich nach vorne. »Wenn hier Leatherface mit 'ner Kettensäge rumlaufen würde, hätten wir schon Bekanntschaft mit ihm gemacht. Verdammt.« Ed drückte die Klinke nach unten und stieß die Tür auf. »Wovor fürchtet ihr euch? Es ist nur eine ungeschminkte Frau mit aufgequollenem Gesicht, die mit Mundgeruch im Bett liegt. Nach zwei gescheiterten Ehen weiß ich, wovon ich …« Ed verstummte von einem Augenblick zum anderen. Vor Schreck ließ er die Kaffeetasse fallen. Der Anblick, der sich ihm bot, erschütterte ihn bis ins Mark.

5

35 Jahre zuvor.

Deutschland, Königssee. Auf einem Ausflugsdampfer ...

»Guckt euch doch mal diesen Mongo an!«

»Ja, dieser Spast mit seiner blöden Fresse!«

»Wollen wir ihm eine reinhauen?«

»Oder wir schmeißen ihn gleich ins Wasser!«

»Frau Heldmeier, dürfen wir Eddie Schwimmen beibringen!«

»Schwimmen! Schwimmen!« Die Schüler der fünften Klasse des Baunataler Friedrich-Wilhelm-Gymnasiums, die eine Fahrt nach Bayern unternahmen, stimmten mit in den Chor ein, den ihre Wortführer vorgaben. Mittlerweile eine Stunde lang dauerte die Rundfahrt im Ausflugsdampfer. Zuerst waren die Schüler noch gefangen gewesen von der atemberaubenden Naturkulisse, die ihnen der Königssee bot. Sie staunten über den üppigen Uferbewuchs, die schroffen Felsen und den urigen Wasserfall. Doch als der Guide begann, über Lautsprecher in schaurigen Anekdoten auszuführen, wie viele Menschen bereits in dem über hundert Meter tiefen Gletschersee umgekommen waren, hatte Armin, der Stärkste in der Klasse, plötzlich Lust verspürt, seine Wut über die Zurückweisung durch die Klassenschönheit am Abend zuvor am Schwächsten im Bunde auszulassen. Wie immer saß Ed neben seiner Klassenlehrerin Frau Heldmeier. Kreidebleich, für sein Alter viel zu klein, mit leidlich gut operierter Lippenspalte und dem Hang zum Stottern, wenn er aufgeregt war. Und das war Ed bei zwanzig Klassenkameraden, die ihn mit wenigen Ausnahmen alle verachteten, fast immer.

»W-w-warum m-m-machen die d-d-das, F-f-frau Heldm-m-m-eier«, stotterte der elfjährige Ed und zog durch die Nähe zur Klassenlehrerin nur noch mehr die Verachtung seiner Mitschüler auf sich. »I-i-ich b-b-bin d-der Schwächste. W-w-w-warum n-n-nur m-m-machen d-die d-das?«

Die Klassenlehrerin, die stark genug war, Ed zu verteidigen, aber zu schwach, die anderen in die Schranken zu weisen, legte ihren Arm auf Eds schmale Schultern. »Du musst da irgendwie durch. Kinder können grausam sein.« Frau Heldmeier sah Ed eindringlich an. »Ich habe einige Schüler wie dich gehabt in den letzten Jahrzehnten. Sehr intelligent, aber schmächtig. Glaub' mir, deine Zeit wird kommen. Ich verspreche es dir. Menschen wie Armin ... er wird nicht immer Macht über dich haben. Irgendwann werden Leute wie er für Leute wie dich arbeiten. Wenn du groß bist, wird sich das Blatt wenden. Glaub' es mir.«

»Aber w-w-arum t-t-tut er d-d-as?«

»Ich weiß es nicht.« Frau Heldmeier drückte Ed an sich und flüsterte ihm ins Ohr: »Aber du wirst es ihm mit gleicher Münze heimzahlen. Versprich es mir. Leute wie Armin dürfen niemals diese Welt beherrschen.«

»I-ich w-w-weiß n-n-nicht, w-was Sie m-m-meinen.«

Die Lehrerin packte den jungen Ed am Ärmel. »Lass ihn nicht damit durchkommen«, zischte sie ihm ins Ohr. »Du musst es mir versprechen. Hörst du?«

Ein ohrenbetäubender Lärm ließ die beiden aufschrecken. Eine Explosion erschütterte das Schiff. Bestandteile des Rumpfes wurden wie Schrapnelle aufs Wasser geschleudert. Schwarze Rauchschwaden nahmen den Schülern die Sicht. Einige Augenblicke später war das Stampfen von schweren Schuhen zu hören. Alle starrten zur Treppe hinüber. In den Rauchschwaden zeichnete sich eine dunkle Gestalt ab. Ed lief ein kalter Schauer über den Rücken. Der Mann torkelte so zielgerichtet auf ihn zu, als wäre sonst niemand an Bord. Die Unterarme des Mannes waren abgerissen. Verkohlte Hautfetzen baumelten an den Stümpfen herunter. Es war kein Entsetzen, das dem Opfer der Kesselexplosion ins rußgeschwärzte Gesicht geschrieben stand, eher Unglauben, sogar Empörung darüber, was vorgefallen war. Der Todgeweihte präsentierte Ed seine Stümpfe, bevor er zusammenbrach. Wie Magma, die aus einem Vulkan geschleudert wurde, sprudelte das Blut aus den durchtrennten Armarterien und färbte die Planken tiefrot ein.

***

35 Jahre später.
Auf einer Bohrinsel im Nordatlantik ...

»B-b-b-lut«, stotterte Ed. »Ü-ü-ü-b-b-erall B-b-blut.«

»Ed!«, schrie Claas. »Was ist los?«

»Geh aus der Tür, Mensch«, war die Stimme von Rick zu vernehmen.

»Was ist da?«, wollte Joy wissen.

»Perverse Scheiße«, fluchte Rick fassungslos im Angesicht dessen, was er in der Kabine erblicken musste. Das weiße Bettlaken war blutverschmiert. Im Kopfkissen zeichneten sich feine rote Streifen ab, wie von einem langborstigen Pinsel gemalt. Es schienen die Abdrücke blutgetränkter Haare zu sein. Alles deutete auf ein Verbrechen hin, aber im Bett lag niemand.

»Wo ist Kim?«, fragte Claas unsicher.

»B-b-blut ...« Wie erstarrt stand Ed neben dem Bett.

»Ist sie entführt worden?« Joy knabberte nervös auf ihren Fingernägeln.

»Wenn sie überhaupt noch lebt.« Rick hob einen Platinring vom Boden auf. An den eingearbeiteten Diamanten klebten Blutspritzer. Rick konnte sich nicht daran erinnern, ob Kim den Ring getragen hatte. Nur ihre strahlend weißen Handschuhe kamen ihm in den Sinn. Es war ein wertvolles Schmuckstück, das zurückblieb. Wer auch immer der Entführer war, um Geld ging es ihm nicht.

»Wer sollte Kim so etwas antun?«, wunderte sich Liv.

Claas inspizierte die Tür. »Warum nur ... warum nur haben wir nichts gehört? Nach den vielen Spuren auf dem Bett zu urteilen, hat sich Kim heftig gewehrt. Sie muss geschrien haben. Bestimmt war sie verzweifelt.«

»Und wir haben ihr nicht geholfen.« Rick schämte sich dafür, dass er Kim nicht beschützen konnte.

»Warum nur haben wir nichts mitgekriegt?«, murmelte Claas nachdenklich vor sich hin. Er ging in den Flur und zog die Tür von draußen zu.

»Was macht er?«, fragte Liv.

Rick schüttelte den Kopf. »Keine Ahnung.«

Die Tür öffnete sich wieder. »Warum seid ihr nicht gekommen?«

»Was meinst du?«, fragte Joy.

»Ich hab' nach euch gerufen«, erwiderte Claas.

»Gerufen?«, wunderte sich Liv.

»Geschrien hab' ich. Mehrmals sogar.«

Joy hob die Augenbrauen. »Wir haben nichts gehört. Ehrlich.«

»Das bestätigt meine Befürchtungen«, sagte Claas. »Die Kabinen sind schallisoliert.«

»Schallisoliert?« Joy wurde es ganz flau im Magen. Sie dachte daran, dass sie selbst das Opfer des nächtlichen Überfalls hätte werden können, ohne dass es die anderen mitbekommen hätten.

»Seht doch!« Liv deutete auf das Telefon, das auf dem Nachtschränkchen stand. Ein rotes Lämpchen neben dem Nummernfeld blinkte.

»Es gibt 'ne Nachricht«, sagte Rick und verzog sein Gesicht bei der Vorstellung, es handelte sich um eine Botschaft von Kims Entführer.

»Hören wir uns an, was auf dem Band ist.« Claas drückte die Wiedergabetaste des Anrufbeantworters. Ein Rauschen war zu vernehmen, dann meldete sich eine tiefe, rauchige Stimme. »Was haben wir nur getan?«, flüsterte der Mann voller Verzweiflung ins Mikrofon. Er hustete. »Wie konnte es dazu kommen? Wie nur? Ich zermartere mir das Hirn. Immer und immer wieder. Für das, was wir getan haben, gibt es einfach keine Rechtfertigung. Wir sind schuldig. Wir alle. Den anderen ist es egal. Sie scheint es überhaupt nicht zu kümmern. Aber ich kann es nicht ertragen. Wie sollte auch ein normaler Mensch damit leben können? Um das zu tun, was wir getan haben, muss man krank sein. Unbeschreiblich krank.« Der Mann atmete schwer. »Dieser Ort ... es ist etwas hier ... es ist der ... ich muss es beenden.« Ein Klicken war zu hören, als würde eine Waffe durchgeladen werden. »Möge Gott meiner Seele gnädig sein!« Dann brach die Nachricht ab.

Liv, Claas, Joy und Rick sahen sich betreten an.

»Was zum Teufel meint dieser Typ?«, fragte Rick ungläubig.

Liv wischte sich eine Schweißperle von der Stirn. Ihr Lidschatten war zerlaufen. »Wir müssen Mike Bescheid geben.«

»Ja, ...« Joy nickte in sich gekehrt. »... vielleicht hat der Pilot auch 'ne Waffe.«

Entschlossen ballte Rick seine Hände zu Fäusten. »Wir werden es diesen Schweinen schon zeigen, die Kim das angetan haben.«

»Ich muss zu Mike. Sofort!« Liv rannte aus der Kabine.

»Warte!«, rief Claas ihr hinterher. »Wir sollten zusammenbleiben!« Er folgte Liv auf den Flur, blieb dann aber plötzlich stehen. Etwas erregte seine Aufmerksamkeit. Claas begutachtete den Boden. Er kniete sich hin und strich mit der Handfläche über den Teppich.

»Was hast du?«, fragte Joy.

Claas zeichnete mit dem Finger eine Spur entlang des Teppichs nach. »Seht ihr das?«

»Was meinst du?«, wunderte sich Rick. Er musterte das gitterförmige Ornamentmuster, das den Teppich schmückte, ohne dass ihm etwas auffiel.

»Das ist 'ne Schleifspur«, sagte Claas und blickte auf. »Die Spur führt geradewegs zum Treppenhaus.«

Rick runzelte die Stirn. »Wo soll da 'ne Spur sein? Ich kann nichts erkennen.«

Claas stand auf, ging zur Treppenhaustür und drückte die Klinke nach unten.

Joy stockte der Atem. »Sollten ... sollten wir nicht auf Liv und Mike warten? Du weißt nicht, was uns erwartet!«

»Wir dürfen keine Zeit verlieren«, widersprach Claas entschlossen und öffnete die Tür. »Wenn Kim noch leben sollte, zählt jede Sekunde.«

***

Ed war allein in Kims Kabine zurückgeblieben. Noch immer stand er mit ausdruckslosen Augen regungslos vor dem Bett. Das blutverschmierte Laken hatte ein längst vergessen geglaubtes Trauma aus seiner Vergangenheit lebendig werden lassen. Ed hatte seit Jahren nicht mehr an diesen einen verhängnisvollen Tag gedacht. Tief verschüttet im hintersten Winkel seines Gedächtnisses war das schicksalhafte Ereignis aber noch da gewesen. Wie ein dunkler Schatten hatte es über seinem bisherigen Leben gelegen, um ihn jetzt, 35 Jahre später, einzuholen. Ed war gedanklich längst nicht mehr auf der Bohrinsel. Er war kein reifer Mann von Mitte vierzig mit Bauchansatz, dem über die Lippenspalte ein Bart gewachsen war und der als erfolgreicher Programmierer im Dienst von *GC Digital* stand. Ed war klein. Viel zu klein für sein Alter. Ed war ein schmächtiger Junge von elf Jahren, dem das kalte Wasser des Königssees bis zu den Knöcheln stand. Der Ausflugsdampfer hatte sich nach der Explosion des Dampfkessels bedrohlich zur Seite geneigt. Jederzeit konnte das Schiff kentern. Die Mitschüler schrien in Panik. Ed aber vernahm nur die eine, ihm so vertraute Stimme. »Nimm das hier«, sagte seine Klassenlehrerin Frau Heldmeier. Dann trat jemand von hinten an Ed heran und zog ihm eine Schwimmweste über den Kopf. Wie sehr hatte Ed Frau Heldmeier vermisst. So viel wollte er ihr noch sagen. Endlich hatte Ed die Möglichkeit, sich dankbar zu zeigen für all das, was sie für ihn getan hatte. Ed strömte ein fauliger Atem ins Gesicht. Ein kalter Schauer lief ihm über den Rücken, als er sich umdrehte. Es war nicht die geliebte Klassenlehrerin, der Ed in die Augen blickte, es war der unbarmherzige Teufel, der ihm die Schulzeit zur Hölle gemacht hatte. »Du weißt, warum ich gekommen bin«, giftete Armin mit hasserfüllter Stimme. Seine Haut war aufgequollen wie die einer Wasserleiche, die Augen eingefallen, die Lippen wurmzerfressen. An seiner zerfetzten Kleidung hingen Algen herunter. Der Verwesungsgeruch war unerträglich. »Du weißt, warum ich hier bin, du kleine Ratte. Und diesmal gibt es für dich kein Entrinnen.«

Nach all den Jahrzehnten war Armin zurückgekehrt, und Ed wusste nur zu gut, warum er gekommen war.

6

Auf der Bohrinsel, im Treppenhaus des Wohnblocks ...

Claas betrachtete die Mauer vor sich. Die Backsteine waren ungleichmäßig aufgeschichtet, der Mörtel quoll an vielen Stellen hervor. Es schien so, als wäre die Mauer in aller Eile im Treppenhaus errichtet worden. Wie ein Fremdkörper wirkten die roten Steine inmitten der genieteten Stahlbleche der Treppenhausverkleidung. Die Zahl »107« war als Graffiti an die Wand gesprüht. War es als Warnung gemeint? Die Treppe war blockiert. Der Entführer von Kim musste einen anderen Weg nach unten gewählt haben. Nur welchen? Claas hörte ein diffuses Rauschen, das durch die Wand drang, und musste an eine Wasserleitung denken. Doch da war noch etwas anderes. Claas presste sein Ohr gegen die Backsteine und lauschte angestrengt. Das Geräusch stammte zweifelsfrei von einem Menschen. Er hielt den Atem an. Es hörte sich an wie das Schluchzen einer Frau. Blechern im Klang, als ob der Schall über eine Rohrleitung kam. Konnte das Kim sein? Ein polterndes Geräusch ließ Claas aufschrecken. Jemand folgte ihm die Treppe nach unten. Sekunden später streifte ein Windhauch seinen Nacken. Claas spürte die Gefahr. Blitzartig drehte er sich um. Mike stand vor ihm. Groß und übermächtig, das Gesicht zur wütenden Fratze verzerrt. Claas gelang es noch, die Arme schützend hochzureißen, zu mehr blieb keine Zeit. Mit mörderischem Schwung holte Mike mit einer Spitzhacke zum Schlag aus.

***

Zwei Monate zuvor.
Tijuana, Mexiko ...

Claas ließ das Mobiltelefon in seiner Jackentasche läuten. Es war die Musik von NoFX, die er als Klingelton gewählt hatte, und es gab keinen Grund, den Punk-Sänger zu unterbrechen. Sollte er seine Wut herausschreien. Nachdenklich betrachtete Claas den massiven Zaun, der die Grenze zwischen den USA und Mexiko markierte. Auf der anderen Seite lag San Ysidro. Exakt getrimmter Rasen, mit SUVs gefüllte Parkplätze und Outletstores, in denen gelangweilte Touristen ihr drittes oder viertes Paar Turnschuhe kauften. Jenseits der Grenze wurde der US-amerikanische Traum gelebt, schier unerreichbar für diejenigen, die das Schicksal hierher befördert hatte: auf die falsche Seite des Zauns. Eine riesige mexikanische Flagge warf ihren Schatten auf einen trockenen Abwasserkanal. In die flach abfallenden Seitenwände hatten Menschen Wohnlöcher gegraben. Wenn über die Brücke Touristen aus den USA kamen, streckten die Bettler solange ihre Hände aus, bis ein paar Cents auf sie herabregneten. Die Szenerie war bizarr, und Claas musste unweigerlich an die Fütterung von Zootieren denken. In den Straßen direkt hinter der Grenze gab es auf mexikanischer Seite dutzende kleine Shops, die sich als Apotheken ausgaben. Angepriesen von herben Schönheiten in aufreizenden Schwesternuniformen, wurden in verspiegelten Regalen Viagra-Produkte präsentiert. Wie konnte Claas hieraus eine Story entwickeln, die sich verkaufte? Es war eine Geschichte um Armut und Reichtum, wie es sie tausendfach auf der Welt gab. Hier ging es nicht um die Hautfarbe oder die Ethnie – die strengen US-Zöllner, die Claas ausreisen ließen, waren selbst Kinder mexikanischer Einwanderer. Hier ging es schlicht und ergreifend um privilegiert und abgehängt. Es war schwer, die Schuld zuzuordnen. Zumindest, wenn man bei der Wahrheit blieb. Früher, in den goldenen Zeiten des Gonzo-Journalismus, hatte Claas die Rollen von Gut und Böse eigenmächtig verteilt, Interviews gestellt und Personen frei erfunden. Die Leser hatten seine vermeintlichen Recherchen geliebt, die doch nur ein Produkt seiner Fantasie waren. Realität 2.0, emotional ansprechend aufbereitet für die Leserschaft. Claas zog das Mobiltelefon aus der Jackentasche, sah kurz auf das Display und nahm eher widerwillig den Anruf an. »Was willst du von mir?«

»Wo bist du?«, fragte die vertraute Stimme am anderen Ende der Leitung. Es war sein ehemaliger Chefredakteur aus Hamburg.

»Tijuana«, knurrte Claas ungehalten.

»Was machst du da?«

»Was kümmert's dich?«

»Hör mal, die Sache tut mir aufrichtig leid. Wirklich. Ich hätte dich viel eher anrufen sollen.«

»Du hast mich verraten, Arschloch.«

»Was sollte ich tun?«

»Ich hab' nur das geliefert, was du wolltest. Und du hast mich in den Dreck gezogen.«

»Das kannst du so nicht sagen.«

»Ach ja?«

»Ich weiß, es ist nicht fair, aber so sind unsere Leser nun mal. Die lieben eben diese Storys. Stereotype Geschichten vom alten weißen Mann, der irgendwelche fuckin' Minderheiten unterdrückt. Was soll ich machen? Klar wollte ich genau so Storys haben. Aber das heißt ja nicht, dass du alles erfinden solltest. Zu fälschen, das hab' ich nie von dir verlangt.«

»Ich leg' jetzt auf.«

»Nein, warte.«

»Was willst du?«

»Warum bist du in Tijuana?«

»Urlaub.«

»Blödsinn. Ich kenn' dich.«

»Ich bin an 'ner Story dran.«

»Für wen arbeitest du?«

»Auf eigene Faust.«

»Hast du noch Geld?«

Claas stöhnte auf. »Hör mal, weshalb rufst du an?«

»Ich weiß, dass es damals … das ist … es war nicht richtig. Aber was hätten wir denn tun sollen?«

»Ihr habt mich wie 'ne heiße Kartoffel fallen lassen. Ich war euer Sündenbock.«

»Claas, was erwartest du? Diese Sache hätte die Zeitung zerstört.«

»Und stattdessen hat's nur mich erwischt, hä?«

»Wir stehen ja auch in deiner … mhm, na ja … Schuld. Irgendwie jedenfalls. Du hast 'n großes Opfer gebracht.«

»Was willst du, verdammt?«

»Ich hab' was für dich. Eine fantastische Story, mit der du dich rehabilitieren kannst.«

»Ich mich oder ihr euch?«

»Und wenn's für beide Seiten was bringt? Wär' das so schlimm?«

»Ich hab' euch nur das geliefert, was ihr haben wolltet. Und ihr habt mich einfach so fallenlassen.«

»Claas, das bringt doch alles nichts. Lassen wir das endlich hinter uns. Wir müssen nach vorne blicken. Und vor uns liegt die Story des Jahrhunderts.«

»Warum setzt ihr nicht 'nen Volontär dran, der sich noch beweisen will? Den müsst ihr nicht mal was bezahlen.«

»Das geht nicht. Wir brauchen dich.«

»Pech für euch.«

»Du musst es machen. Das schuldest du uns.«

»Ich schulde es euch?« Claas lachte höhnisch auf. »Willst du mich verarschen oder was?«

»Es geht um GC.«

»Interessiert mich nicht.«

»Hör mal, das ist deine Möglichkeit, mit einer sauber recherchierten Geschichte wieder an die Öffentlichkeit zu kommen. Fame, Claas. You'll be back! Die Preisverleihungen, das mochtest du doch so sehr. Und für die Story kriegst du mehr als nur einen Preis. Glaub mir, irgendetwas Großes geht da bei Global Companion vor sich. Der Aufwand, den die betreiben, das Projekt im Geheimen durchzuziehen, ist enorm.«

»Ja und?«

»Die bauen da etwas. Eine Anlage. Mitten im Nordatlantik. Was es werden wird, weiß keiner. Alles ist streng geheim. Claas, wir brauchen da einen Mann vor Ort.«

»Was erwartest du von mir? Dass ich dahin schwimme?«

»Das ist ja der springende Punkt.«

»Was meinst du?«

»Weißt du, was die GC-Lotterie ist?«

»Grob.«

»Einmal im Jahr können Mitarbeiter von GC 'nen Ausflug auf diese gigantische Yacht *Love 1* gewinnen. Und jetzt stell dir vor, einer der Gewinner ist an uns herangetreten. Er will, dass die Leute die Wahrheit über GC erfahren. Der Typ hat uns sein Ticket verkauft.«

»Bist du bescheuert? Du hast das Geld umsonst rausgehauen. Soviel ich weiß, ist der Gewinn nicht übertragbar.«

»In diesem Fall aber schon. In gewisser Weise zumindest.«

»In gewisser Weise? Was meinst du damit?«

»Sagen wir es so: Da kommst du ins Spiel. Claas, verdammt nochmal, du siehst genauso aus wie der Gewinner der Lotterie.«

»Schwachsinn.«

»Doch, glaub mir. Die Ähnlichkeit ist wirklich verblüffend. Ich dachte zuerst: Was macht der Claas denn jetzt bei GC? Kannst du dir vorstellen? Der Typ hat sogar den gleichen Vornamen wie du. Es ist wie ein Geschenk des Himmels.«

»Du bist so 'n verlogenes Arschloch. Du hättest jederzeit anrufen können. Aber erst jetzt, wo du mich brauchst, kommst du angekrochen.«

»Du kannst mich hassen. Kein Problem. Auch beleidigen. Vielleicht hab' ich das verdient. Vergiss aber nicht, du machst den Job für dich, nicht für mich.«

»Die Zeiten, in denen ich mich von dir missbrauchen lasse, sind vorbei.«

»Claas, du kannst dich damit voll rehabilitieren. Du kannst zeigen, dass du 'n echter Investigativ-Journalist bist. Du übernimmst die Identität des Gewinners und gehst für ihn auf die Yacht.«

»Denkt ihr die Sachen auch mal zu Ende? Selbst wenn wir GC täuschen können, der Urlaub ist auf der Yacht, nicht auf deiner ominösen Top-Secret-Anlage.«

»Das ist ja der Clou. Die Yacht schippert im Nordatlantik, vor der Küste Schottlands. Sag selbst, kann es Zufall sein, dass die Yacht genau dort ihre Kreise zieht, wo GC gerade Unmengen an Material hinschafft? Die Dinge hängen zusammen, glaub' mir. Du musst dahin. Hörst du?«

»100.000 Euro.«

»Was? Hast du sie nicht mehr alle?«

»Du kannst es dir überlegen.«

»Das ist doch lächerlich, Claas. Über ein angemessenes Honorar können wir gerne reden, aber 100.000 Euro? Spinnst du jetzt?«

»Das ist mein Preis. Und der ist nicht verhandelbar.«

»Bist du denn nicht neugierig, was GC da vorhat, so weit draußen auf dem Meer?«

»Ich denke, ihr habt meine Kontonummer noch. Wenn das Geld eingegangen ist, bin ich dabei. Wenn nicht, dann *adios*.«

»Hör mal, weißt du, mit welchem Decknamen GC das Geheimprojekt bedacht hat? Claas, weißt du, wie die es nennen? Das ist einfach ungeheuerlich, wenn ich dran denke, was dahinter stecken könnte. Solch ein Name! Wir brauchen dich unbedingt vor Ort.«

»Ja und?«

»Bist du dabei?«

»Jetzt sag' erst mal, wie GC das Projekt nennt. Dann wird sich zeigen, ob ich interessiert bin.«

»Sarkophag! Verdammt nochmal, Claas, die nennen es Projekt *Sarkophag!*«

***

Auf der Bohrinsel, im Treppenhaus des Wohnblocks ...

Die Hände schützend über dem Kopf gefaltet, kauerte Claas am Boden, während Steinbröckchen auf seine rotgelockten Haare rieselten. Mit voller Wucht trieb Mike die Spitzhacke in die Mauer. »Hey!«, schrie Claas. »Spinnst du?« Nach einer ersten Schrecksekunde kroch er von der Mauer weg, stand auf und klopfte sich den Staub von der Kleidung. »Hättest du mich nicht warnen können? Ich hab' echt gedacht, das war's jetzt für mich.«

Mike kümmerte sich nicht um Claas. Wie von Sinnen schlug er eine Kerbe nach der anderen in die Mauer.

»Was ist hier los?«, fragte Rick, als er, begleitet von Joy und Liv, die Treppe herunterkam.

»Moment!« Mike zog einen Stein heraus, der sich unter der Wucht der Schläge gelöst hatte, und benutzte die Spitzhacke als Hebel, um das Loch zu vergrößern. Weitere Backsteine fielen zu Boden. Als er erneut zuschlug, hallte ein metallisches Geräusch durch das Treppenhaus. »Zum Teufel...?« Mike senkte die Spitzhacke.

»Was ist das?«, fragte Joy irritiert. Nervös fuhr sie sich über ihre spröden Lippen.

Mike tastete über den dunklen Schild, der hinter der Backsteinwand lag. »Da ist noch 'ne Wand. Und die ist metallisch. Aus Blei, wenn ich mich nicht irre. Fuck! Keine Chance, mit der Hacke durchzukommen.«

»Warum baut jemand eine doppelte Wand ins Treppen-haus?«, fragte Liv. »Und warum sollte man Blei verwenden?«

Joy fuhr es eiskalt den Rücken herunter. Wer außer ihnen trieb sich noch auf der Bohrinsel herum?

»Wir müssen hier weg«, murmelte Liv vor sich hin.

Mike schüttelte den Kopf. »Nicht ohne Kim.«

»Hast du Pistolen dabei?«, fragte Rick.

»Pistolen? Bist du bescheuert?« Mike wischte sich eine Schweißperle von der Schläfe. »Ich hab' keine Waffen. Die Spitzhacke lag oben auf der Landeplattform.«

»Im Hubschrauber muss es doch ...?«

»Was denkst du? Das ist fuckin' nochmal keine Militärmaschine. Im Sea Stallion gibt es nur 'ne Signalpistole.«

»Wir sind alle in Gefahr!«, sagte Joy mit aufgerissenen Augen.

»Es muss einen anderen Weg nach unten geben«, erwiderte Rick. »Finden wir den Weg, finden wir Kim.«

»Sagt mal ...« Joy sah sich fragend um. »Wo ist eigentlich Claas hin?«

»Eben stand er doch noch da.« Rick richtete seinen Blick auf die Treppe. »Claas!«

»Und by the way«, bemerkte Mike. »Wo ist dieses Arschloch von Ed?«

»Ed muss noch in Kims Zimmer sein«, sagte Rick. »Irgendwas hat ihn total fertig gemacht. Der stand da wie ... na, wie sagt man ... ja, genau, wie paralysiert rum.«

»Ach ja? Hat Ed doch noch realisiert, dass er 'n Arschloch ist?« Für einen Moment hellten sich Mikes Gesichtszüge auf, um sich dann wieder zu verfinstern.

Liv schüttelte sich. »In Kims Kabine war alles voller Blut. Da bringen mich keine zehn Pferde mehr rein.«

»Was machen wir denn jetzt?«, fragte Joy. Verzweiflung lag in ihrer Stimme.

Mike fuhr mit der Hand über die Metallplatte, die hinter der Backsteinwand lag. »Ich bringe euch hier raus. Dann werde ich nach Kim suchen.«

Rick schüttelte den Kopf. »Die Bohrinsel ist riesig. Allein hast du keine Chance.«

»Da mach' dir mal keine Sorgen«, sagte Mike. »Ich hab' da so 'n paar Tricks auf Lager. Diese Motherfucker müssen sich warm anziehen.«

»Warst du gestern eigentlich noch bei Kim?«, wollte Joy von Mike wissen. Der schüttelte den Kopf. »Nicht in ihrer Kabine, wenn du das meinst.«

»Dann ist dir nichts aufgefallen?«

»Kurz nach Sonnenaufgang, ja, da hab' ich mein Zimmer verlassen, um zum Hubschrauber zu gehen. Da war alles ruhig. Totenstille, wenn man so will.«

»Gibt es ...« Joy musste schlucken. Ihre Kehle schnürte sich zu. »Gibt es 'ne Chance, dass der Hubschrauber ... dass wir ...«

»Es tut mir leid«, unterbrach Mike sie. »Ich hab' alles versucht, aber die Maschine lässt sich nicht reparieren. Nicht ohne die entsprechenden Ersatzteile. Wir sitzen hier fest.«

»Lasst uns einfach irgendwie runter«, sagte Rick. »Raus aus diesem Turm. Dann schnappen wir uns 'n Rettungsboot. Funkspruch abgesetzt und gut ist.«

Joy verzog amüsiert ihr Gesicht. »Witzbold. Da wär' ich jetzt nicht drauf gekommen. Wie willst du runter? Das Treppenhaus ist blockiert.«

»Nein, nein, Rick hat schon recht.« Mike grinste selbstzufrieden. »Wir müssen unsere Strategie nur ändern: Manchmal muss man eben erst nach oben gehen, um dann nach unten zu gelangen.«

Joy runzelte die Stirn. »Und was soll das jetzt wieder heißen?«

»Kommt mit, dann zeig ich's euch.«

***

Zur gleichen Zeit, eine Etage weiter oben im Wohnturm ...

Unbemerkt von den anderen war Claas zurück in den Flur des oberen Wohntraktes geschlichen, um die Bohrinsel auf eigene Faust zu erkunden. Kims Verschwinden mochte tragisch sein, dachte er, aber ihre mögliche Ermordung rundete die Story ab. Gewalt war das Salz in der Suppe, das die Leser bei der Stange hielt. Claas war sich sicher, dass er die Schleifspur falsch interpretiert hatte. Wenn Kims Körper nicht ins Treppenhaus gezogen wurde, gab es noch eine andere Möglichkeit. Claas öffnete vorsichtig die Tür zur Besenkammer, die direkt neben dem Treppenhaus lag. Das Licht ließ sich nicht anschalten. Im Halbschatten erkannte Claas Wischmops und mehrere Eimer. Einen Gegenstand auf dem Boden konnte er nicht auf Anhieb identifizieren. Claas zog sein Smartphone aus der Tasche und schaltete die Lampe an. Es war ein blutverschmierter weißer Baumwollhandschuh. Kims Handschuh. Plötzlich waren Schritte zu hören. Jemand kam die Treppe hoch. Die Story gehörte ihm ganz allein, niemandem sonst. Die anderen ahnten nicht einmal, dass sie in einer geheimen Anlage von GC gelandet waren. Claas musste sie loswerden. Er ging in die Besenkammer und zog die Tür hinter sich zu. Ein paar Sekunden später entbrannte auf dem Flur ein Streit. Offenbar wollte Mike die Gruppe hoch auf die Landeplattform führen. Liv und Joy hatten Einwände, nur Rick schien Mikes Plan etwas abgewinnen zu können. Die Besenkammer erwies sich für Claas als ein gutes Versteck. Schnell wurden die Stimmen leiser, bis zuletzt nur noch Mike zu vernehmen war. Dann verstummte auch dessen dominanter Bass. Claas ertastete mit der linken Hand den Stil eines Besens. Zumindest glaubte er, dass es sich um einen Besen handelte. Eine vollkommene Stille umgab ihn. Mit der Taschenlampe leuchtete er die Ecken der Kammer aus, bis er etwas im Lichtkegel einfing. Er zuckte zusammen. In das grelle LED-Licht der Lampe starrten zwei Augen, halb verdeckt von langen Haarsträhnen. Claas konnte in der Stille sein Herz schlagen hören. Hatte er etwa Kim gefunden? Instinktiv trat er einen Schritt zurück. Der Lichtkegel seiner Lampe zuckte über zwei weitere Augenpaare rechts und links von ihm. Ein weiterer Schritt zurück und sein Rücken stieß gegen die Tür. Claas versuchte, den Türknauf zu ertasten, doch seine Hand griff ins Leere. Es gab weder eine Klinke, noch einen Knauf oder sonst einen Hebel. Nichts dergleichen. Von innen ließ sich die Tür nicht öffnen. Das Smartphone an sich gepresst, stand Claas mit zitternden Händen in der dunklen Kammer. Alleingelassen mit sechs Augen, die ihn anstarrten und einem Herzen, das ihm bis zum Hals schlug.

7

Auf der Hubschrauber-Landeplattform ...

»Meinst du, das kann funktionieren?« Rick sah in die Tiefe. Zusammen mit Mike stand er am Rand der Landeplattform, die den Wohnturm krönte. Liv und Joy beobachteten die beiden aus ein paar Metern Entfernung.

»Die Wand ist nicht komplett senkrecht«, erwiderte Mike, »sondern fällt leicht zur Seite ab.«

Rick kletterte auf das Fangnetz, das mehrere Meter über die Plattform hinausragte. Die Halteseile aus Metalldraht spannten sich, und er feierte seine tollkühne Aktion mit einem breiten Grinsen. »Kennst du die *Transamerica Pyramid* in San Francisco? So sieht der Turm von hier oben irgendwie aus.«

»Findest du?«

»Ja, wie 'ne spitze Pyramide.«

»Leider gibt es keinen Sims oder so was in der Art. Keinen Vorsprung. Überhaupt nichts. Auch die Fenster sind in keiner Weise abgesetzt. Glatt wie 'n Babypopo.«

»Hat der Sea Stallion 'ne Winde? Dann könnte ich dich einfach runterlassen.«

»Rick, der Hubschrauber ist von GC für den Passagiertransport umgebaut worden. Vergiss alles, was du aus Filmen kennst. Du kannst mit dem Stallion weder in den Krieg ziehen, noch jemanden aus der Eiger-Nordwand retten. Ich bring damit VIPs von A nach B. Normalerweise können meine Passagiere nicht mal unfallfrei die Straße überqueren. Meinst du, die könnte ich irgendwo abseilen, ohne dass es Tote gibt?«

»Schon gut. Ich hab's ja kapiert.«

»Es muss auch so gehen. Gut 70 Meter sind's bis nach unten. Das ist 'n fairer Deal.« Mike zog am Feuerwehrschlauch, an dem er sich abseilen wollte. Er und Rick hatten alle Löschschläuche, die sie auf der Landeplattform finden konnten, miteinander verbunden und ein Ende an einer Querstrebe des Fangnetzes befestigt.

»Riskant ist es aber allemal«, sagte Rick nachdenklich. »Außerdem denke ich, dass ich da runter sollte. Ich bin leichter als du.« Rick spannte seinen linken Bizeps an. Sein T-Shirt straffte sich unter dem Druck der Muskeln.

»No way.« Mike schüttelte entschieden den Kopf. »Ich hab' euch das eingebrockt, also muss ich es auch auslöffeln.«

»Und wenn du unten bist? Was dann?«

»Einen Schritt nach dem anderen.«

»Scheiße aber auch«, fluchte Rick. »Es gibt keine Feuerleiter oder so. Nur ein einziges verdammtes Treppenhaus im Gebäude. Ich möchte wirklich wissen, wer sich so was ausdenkt.«

»Dem Architekten müsste man 'nen Arschtritt verpassen.«

»Minimum.«

Mike beugte sich zu Rick vor, der, die Arme hinter dem Kopf verschränkt, nun lässig im Fangnetz lag. »Siehst du da unten den rot markierten Weg, der zum Gebäude führt?«

Rick drehte sich auf den Bauch und kniff die Augen zusammen. »Es sind mehrere rot markierte Wege.«

»Und alle führen zum Wohnturm. Ich denke, dass in einer der unteren Etagen der Kontrollraum der Bohrinsel liegt. Dort muss es Pläne von der Anlage geben. Ich werde eine alternative Route finden. Vielleicht einen versteckten Lüftungsschacht oder so. Dann hole ich euch nach, ohne dass ihr euch in Gefahr begeben müsst.«

»Ob hier überhaupt Öl gefördert wird?«, kam es Rick in den Sinn. Er betrachtete den Bohrturm und den großen Lagertank, die in unmittelbarer Nähe zum Wohnturm standen. »Ich bin zwar kein Experte, aber der Brandschutz spottet doch jeder Beschreibung. Dieser Wohnturm nimmt fast den ganzen Platz auf der Bohrinsel ein. Der Bohrturm selbst ist irgendwie ... nun ... wie drangeklatscht. Als ginge es bei der Bohrinsel in erster Linie nicht ums Fördern von Öl, sondern um was anderes.«

»Und was sollte das sein?«

»Keine Ahnung. Standard ist das jedenfalls nicht.«

»Die werden sich schon was dabei gedacht haben.«

Rick kletterte vom Fangnetz zurück auf die Plattform und blickte zu Mike auf. »Vielleicht solltest du doch noch 'nen letzten Notruf aus dem Cockpit des Sea Stallion absetzen, bevor wir deinen Plan ausführen.«

»Was soll das, Rick? Ich dachte, du bist auf meiner Seite?«

»Das bin ich ja auch, aber man sollte sein Leben nicht einfach so wegwerfen. Komm, ein letzter Versuch!«

Mike kniete sich hin und zog mit aller Macht am Feuerwehrschlauch. »Sitzt absolut fest. Da passiert schon nichts.«

»Du darfst den Halt nicht verlieren. 70 Meter. Der Abstieg wird kein Kinderspiel.«

»Traust du mir das nicht zu?«

»Ich bin kleiner und leichter als du.«

Mike hob die Augenbrauen. »Jetzt halt mal die Luft an. Ich bin schon mit Profis in der Steilwand geklettert.« Verärgerung lag in Mikes Stimme. Er präsentierte Rick die Schwielen an seinen Händen. »Sehen so Hände aus, die sich nicht festhalten können?«

Liv und Joy verfolgten aufmerksam das Wortgefecht von Mike und Rick. »Wohin Testosteron doch führen kann«, sagte Joy.

»Immer in den Abgrund«, erwiderte Liv. Beide lachten auf.

»Die Jungs müssen sich beweisen«, bemerkte Joy. »Der eine spannt den Bizeps an, der andere plustert sich auf ...«

»Dann diese dämlichen Mutproben ...«

»Du wärst auch dafür, in der Lounge zu warten, oder?«

»Natürlich. Guck dir die Bohrinsel an. Jemand hat sehr viel Geld investiert. Meinst du, hier sieht keiner nach dem Rechten?«

Joy spitzte nachdenklich ihren Mund. »Hoffentlich kommt auch der Richtige, um nach dem Rechten zu sehen.«

»Wie meinst du das?«

»Wenn ich bedenke, welche Typen schon an Bord sein müssen, läuft es mir kalt den Rücken runter, wer da noch alles kommen könnte.«

Liv winkte ab. »Bisher haben wir noch niemanden gesehen. Vielleicht klärt sich das alles noch auf. Ich kann mir einfach nicht vorstellen, dass Kim wirklich etwas zugestoßen ist. Was hätte das für einen Sinn? Vielleicht erlaubt sie sich einen üblen Scherz mit uns.«

»Hoffen wir das Beste«, sagte Joy. Sie mochte nicht recht daran glauben, dass das Blut in Kims Kabine nicht echt war.

»Bestimmt gibt es eine einfache Erklärung für all das«, mutmaßte Liv.

»Mir ist die Sache trotzdem nicht geheuer. Eine Plattform von dieser Größe und Mike meint, sie wäre in den Karten nicht eingezeichnet?«

»Vielleicht hat sich die Bohrinsel aus der Verankerung gerissen und ist abgetrieben.«

Joy verschränkte ihre Arme vor der Brust. »Nein, nein, da steckt Absicht dahinter. Guck dir das Meer an. Wir treiben nicht mit der Strömung, sondern … beobachte die Wellen … wohin die wandern und … und wohin es uns zieht …«

»Was heißt das?«

»Es ist eindeutig. Wir bewegen uns gegen den Strom. Wenn auch langsam.«

»Gegen den Strom?« Liv hielt sich die flache Hand zum Schutz vor der Sonne an die Stirn und blickte auf das glitzernde Wasser. »Bist du dir sicher?«

»Ja. Die Bohrinsel hat sich nicht aus der Verankerung gerissen. Die Anlage hat einen eigenen Antrieb und steuert gegen die Meeresströmung an.«

»Wer sollte die Bohrinsel denn steuern?«

»Keine Ahnung. Ich sag' nur, was ich sehe. Und ich sehe, dass wir uns nicht mit der Strömung bewegen.«

»Ich glaube … vielleicht … stimmt es, was du da sagst.« Liv nickte unsicher.

Joy lächelte. »Ich hab' mit meiner Mutter früher stundenlang Vögel beobachtet. Da lernt man, auf alle Kleinigkeiten zu achten.«

»Du bist Biologin, hast du gesagt?«

»Genauer gesagt Mikrobiologin. Ich beschäftige mich mit Bio-Alkoholgewinnung aus Algen.«

»Das ist irgendwie komisch …«

»Was soll daran komisch sein?«

»Na, dass du auf einer Ölbohrplattform von nachhaltiger Energie sprichst, entbehrt nicht einer gewissen Ironie.«

»Wir müssen das Energieproblem endlich in den Griff bekommen«, sagte Joy ernst. »Die fossilen Brennstoffe vernichten unseren Planeten. Meine Algen … sie sind der

Schlüssel zur Lösung all dieser Probleme, glaub' mir. Wenn ich doch nur unsere Politiker überzeugen könnte.«

Liv lächelte. »Deine Augen glänzen richtig, wenn du von der Arbeit redest.«

»Meine Forschung bedeutet mir alles.«

»Alles?«

»Weißt du, es ist meine Möglichkeit, an etwas Großem teilzuhaben. Verstehst du das nicht?«

»Ja, natürlich, aber ...«

»An wen erinnert man sich später? An all die gut aussehenden Models oder diejenigen, die die Welt vorangebracht haben?«

»Du willst eine neue Marie Curie werden?«

Joy hob den Zeigefinger. »Ohne Strahlenkrankheit, wenn's recht ist.«

»Und was meint dein Freund dazu?«

Joy winkte ab. »Bei mir hält's keiner lange aus.« Sie blickte Liv in die Augen. »Und wie sieht's bei dir mit den Männern aus? Hast du 'nen festen Freund?«

Fast unmerklich schüttelte Liv den Kopf. »Männer mögen keine starken Frauen. Sie behaupten es zwar immer, aber letztlich wollen sie doch eine Unterwürfige, die sich augenklimpernd anschmiegt.«

Joy musste schmunzeln. »Aber wir Frauen sind ja auch nicht besser. Wir sagen immer, dass wir 'nen zuverlässigen Mann wollen, aber im Grunde genommen vergöttern wir den Rebellen.«

Liv kicherte unbeschwert wie ein Teenager. Dann stieß sie Joy mit dem Ellenbogen sanft in die Seite. »Und was hältst du von unseren beiden Typen hier? Wie kommen diese ‚Forschungsobjekte' bei dir an?« Liv setzte das Wort »Forschungsobjekte« mit den Fingern in Anführungszeichen.

»Nun ja, die haben schon was zu bieten. Rein äußerlich zumindest. Rick ist ... nun ja ... er hat nicht studiert. Bei Mike bin ich mir nicht so sicher. Irgendwie spielt der 'n Spielchen.«

»Aber süß sind sie beide. Auf ihre Art.«

Joy nickte. »Es hätte uns schlimmer treffen können.«

»Und wer ist dein Favorit?«

»Rick gefällt mir schon.«

»Nicht Mike? Der würde größenmäßig besser zu dir passen.«

Joy schüttelte den Kopf. »Mike hat ... ich weiß auch nicht ... als würde er 'ne Maske tragen.«

»Und was gefällt dir an Rick?«

»Der ist so offen. Ein echter Sonnyboy. Freundlich und positiv. Nicht so grüblerisch und er hat was ...«

»... Rebellisches?«

Joy winkte ab. »Ja, irgendwie schrecklich, das zugeben zu müssen, aber so ist es nun mal.«

»Nimm's leicht.«

»Und wie sieht's bei dir aus?«, fragte Joy. »Auf wen steht eine geheimnisvolle, mondäne Asiatin?«

Liv lachte. »Halbasiatin, wenn es recht ist.«

»Und? Wer von der Bande ist dein Traumprinz?«

»Das glaubst du sowieso nicht.«

»Nun sag schon.«

»Verrate du mir erst einmal etwas anderes. Du hast eben gesagt, dass Rick nicht studiert hat. Ist das für dich wichtig?«

»Ja, unbedingt. Mein Freund sollte was auf der Pfanne haben. Wundert dich das? Die meisten Partner suchen sich doch ihresgleichen aus.« Joy prüfte unterbewusst den Sitz ihrer Haarnadeln. Sie hatte plötzlich das ungute Gefühl, hochnäsig und arrogant zu wirken. »Jetzt tu mal nicht so ... du hast doch bestimmt auch studiert ...«

»Politologie und Soziologie.«

Joy runzelte die Stirn und sah Liv überrascht an. »Wirklich?«

»Was hast du denn gedacht?«

»Hätte eher auf Wirtschaftswissenschaften getippt oder so was in der Art.«

»Warum?«

»Wie du angezogen bist. Seriös, aber mit so viel Stil und Eleganz. Du bist die perfekte Businessfrau.«

»Dankeschön.«

»Du musst noch meine Frage beantworten«, fuhr Joy fort. »Wie sieht's nun bei dir aus?«

»Wie soll was aussehen?«

»Wer ist dein Favorit?«

»Okay, okay, ich sehe schon, dass du keine Ruhe geben wirst.« Liv holte tief Luft. »Mein Favorit ist ... also ... Ed.«

»Ed?«, fragte Joy verblüfft und amüsiert zugleich. »Wir reden hier vom selben Ed, oder? Ed, der Griesgram. Ed, der miesepetrige Nihilist?«

»Ja ...«

»Nimm's mir nicht übel, aber der Typ hat 'nen Schatten.«

Liv lächelte provozierend. »Und wenn ich auf den intellektuellen Bierbauch mit Hang zum Schatten stehe?«

Joy runzelte voller Unglauben die Stirn. »Ich weiß ja nicht ...«

»Ed ist so unangepasst. Den kümmert es nicht, was die anderen von ihm denken. Konventionen scheren ihn nicht. Vielleicht ist Ed ja der wahre Rebell.«

»Unter dem Deckmantel eines mürrischen Skeptikers.«

Liv unterdrückte ein Lachen. Schnell hielt sie sich die Hand vor den Mund.

»Könnt ihr mal kommen?«, rief Rick. Er winkte Liv und Joy vom Rande der Plattform aus zu. »Mike geht jetzt runter!«

»Ah, unsere beiden Hähne fordern wieder Aufmerksamkeit ein.« Liv zwinkerte Joy zu. »Wir müssen unsere Jungs bewundern.«

»Dann lassen wir die beiden nicht warten.«

Joy ließ Liv nicht aus den Augen, während die beiden zu Rick gingen. »Mit deinem Favoriten Ed hast du mir erstmal 'ne Nuss gegeben, an der ich zu knabbern hab'. Du hast doch immer Abstand zu Ed gehalten. Wie Kim und ich auch. Das ist 'n Freak. Ich verstehe nicht, warum du dich in Wahrheit zu ihm hingezogen fühlst.«

Liv lächelte. »Oje, hätte ich das bloß nicht gesagt.«

»Na, ihr seid ja vergnügt, meine Hübschen«, sagte Rick, als Liv und Joy zu ihm an den Rand der Landeplattform vorkamen. »Worum geht's?«

Joy winkte ab. »Ach, Frauenkram.«

Rick lächelte. »Mehr will ich gar nicht wissen.«

»Alles roger!«, rief Mike.

Liv und Joy trauten sich nicht bis an die Kante der Plattform vor. Sie hörten nur Mikes Stimme und sahen den an der Strebe des Fangnetzes zappelnden Feuerwehrschlauch, an dem sich Mike gerade herunterhangelte.

»Höhenangst?«, fragte Rick.

Joy schüttelte den Kopf. »Gesunder Menschenverstand.«

»Du schaffst das!«, rief Rick Mike zu. Sehnsüchtig blickte er ihm hinterher. Rick fühlte sich wie das fünfte Rad am Wagen. Eigentlich sollte er es sein, der sich todesmutig an der Fassade abseilte.

»Wie geht's voran?«, fragte Liv.

»Zwanzig Meter hat er schon geschafft«, erwiderte Rick, der sein Lächeln trotz seiner eingetrübten Stimmung nicht verloren hatte. »Ihr könnt ruhig kommen. Das Fangnetz sichert euch ab.«

»Gib mir deine Hand«, sagte Liv zu Joy. »Gemeinsam geht es besser.« Schritt für Schritt gingen die beiden Frauen zur Kante der Landeplattform vor. Joy hatte weiche Knie, wollte sich aber keine Blöße geben. Sie merkte, wie ihre Hände zu schwitzen begannen.

»Das wird schon«, machte Liv ihr Mut.

Joy wendete ihren Blick von Liv ab und sah auf das Meer. Der Anblick des Ozeans beruhigte sie. Die Wasseroberfläche reflektierte das Licht tausendfach, so dass Joy blinzeln musste.

»Achtung!«, schrie Rick plötzlich aufgebracht. »Heilige Scheiße, das gibt's ja nicht! Mike!« Mit aufgerissenen Augen betrachtete Rick die Feuerwalze, die wie aus dem Nichts aufgetaucht war. Ein Meer wild züngelnder Flammen rauschte an der Fassadenfront hoch. Nur Sekunden und das Feuer hatte Mike erreicht.

* * *

2 Monate zuvor.
Amsterdam, Niederlande. Flughafen Schiphol, Flug GC136 nach Johannesburg ...

»Boarding completed!« Über Lautsprecher wurde gemeldet, dass der letzte Passagier das Flugzeug betreten hatte. Mike rekelte sich in seinem komfortablen Sitz an Bord des 787-9 Dreamliner. Die Businessklasse war fast leer geblieben, und Mike fragte sich, ob die anderen Fluggäste ihre Reise wegen der neuerlichen Rasse-Unruhen in Johannesburg storniert hatten. Es sollte ihm recht sein.

»Darf ich Ihnen noch einen Champagner bringen?«, fragte die schöne Stewardess mit anmutigem Lächeln. Mike kam es so vor, als hauchte sie ihm die Frage geradezu entgegen. Wie ein Versprechen des Ziellandes war die Flugbegleiterin eine grazile Schönheit mit hellbrauner Haut. Eine perfekte Mischung aus den besten europäischen und afrikanischen Eigenschaften, dachte er. Manchmal erschien ihm das Leben klischeehafter als ein Hollywoodfilm. Mike hatte schon beim Boarding bemerkt, dass sich die Stewardess für ihn interessierte. »Gerne«, erwiderte er und lächelte zurückhaltend, als wollte er die dunkelhäutige Schönheit noch darüber im Ungewissen lassen, dass auch er einem Flirt nicht abgeneigt war. Auf dem über zehnstündigen Flug blieb noch genug Zeit, sich näher kennenzulernen. Mike liebte die Businessklasse von GC-Airlines, deren Stewardessen besonders gutaussehend waren. Die strenge Auswahl erfolgte in erster Linie nach Attraktivität, auch wenn die GC-Sprecher diese Tatsache in der Öffentlichkeit dementierten und auf die anspruchsvolle wie verantwortungsreiche Arbeit hinwiesen, die der Job einer Stewardess mit sich brachte. Mike bewunderte noch einen Moment den dezenten Hüftschwung der südafrikanischen Schönheit, die sich aufmachte, für ihn den Champagner zu holen, dann zog er eine Plastikkarte aus der Jackentasche. Zufrieden betrachtete er den Dienstausweis, der ihn mit großer Macht ausstattete. »Central Intelligence Agency«, stand in Kursivschrift neben einem Bild von ihm, das ihn als Special Field Agent Mike Hofstetter vorstellte. Hinterlegt war der Ausweis mit den drei Buchstaben, die jedes Kind weltweit kannte: C.I.A. Es war die Abkürzung des sagenumwobenen Geheimdienstes der USA. Mike grinste. Bei der Aufnahme des Fotos hatte er versucht, einen besonders einfältigen Gesichtsausdruck zu machen – und das war ihm zweifelsfrei gelungen. Der Träger des Passes schien eher aus der Psychiatrie entkommen zu sein, als für den Geheimdienst des mächtigsten Landes der Welt zu arbeiten. Mike liebte das Spiel der Tarnung, und er beherrschte die Täuschung in Perfektion. In Johannesburg hatte er einen Auftrag zu erledigen, für den er wie üblich drei Tage anberaumte: einen Tag zur Akklimatisierung, einen weiteren Tag für die Observation und der letzte Tag war der eigentlichen Operation vorbehalten. Der Job in Johannesburg stellte sich als Routinearbeit dar, wie er sie jedes Jahr dutzendfach erledigte. Fachgerecht führte er seine Arbeit aus und flog anschließend ins nächste Land weiter. Mehr als drei Tage blieb er selten an einem Ort. Doch das sollte sich ändern. Nach dem Job in Johannesburg wollte Mike zurück in die USA fliegen, um seine Kontaktperson in Washington zu treffen. Etwas Großes war im Gange. Mit *Bob* war er in einem der angesagten Cafés in unmittelbarer Nähe des Convention Center am Mount Vernon Place verabredet. Bob würde einen Laptop mit dem roten Aufkleber »My little pyramid« bei sich haben. Wie Mike vorab erfahren hatte, handelte es sich bei Bobs Auftrag um eine komplexe Operation, die mehrere Wochen in Anspruch nahm. Nach all der Routine in diesem Jahr kam Mike etwas Abwechslung gerade recht.

»Hier ist Ihr Champagner«, machte sich die Stewardess bemerkbar, stellte das Glas auf die Seitenlehne des Sitzplatzes, strich sich lasziv das enganliegende Kleid glatt und lächelte. Mike begrub seinen Ausweis unter der Handfläche und sah auf. »Das ist nett«, sagte er fast beiläufig.

»Wünschen Sie noch etwas? Ich meine irgendetwas?« Die Stewardess lächelte unsicher, als hoffte sie, dass ihre zweideutige Frage eine indiskrete Antwort provozierte. »Wie Sie sehen, ist das Flugzeug so gut wie leer. Das passiert wirklich nicht oft. Für jeden Gast gibt es jetzt eine Stewardess.«

Mike bemerkte, wie die Wangen der jungen Frau zu glühen begannen. Die sich erweiternden Blutgefäße waren trotz ihres dunklen Teints deutlich zu erkennen. Die Stewardess befeuchtete ihre vollen Lippen mit der Zunge.

»Warum ist hier so wenig los?«, fragte Mike in der Routine eines gelangweilten Geschäftsmannes.

»Turbulente Zeiten in Joanna.« Diesmal wirkte das Lächeln der Stewardess professionell.

Mike musste liefern, bevor das Feuer in ihr erlosch. Zeit, in die Offensive zu gehen. »Ich bin übrigens Mike. Was halten Sie davon, wenn Sie neben mir Platz nehmen, sobald wir auf Flughöhe sind?«

»Oh … ich bin mir nicht sicher, ob … ich bin übrigens Jennifer …« Die Stewardess lächelte glücklich.

Mike verschränkte die Arme hinter seinem Kopf und lehnte sich entspannt zurück. Er liebte seinen Job und er sah, dass es Jennifer nicht anders ging.

***

2 Monate später.
Irgendwo im Nordatlantik. Auf der Hubschrauber-Landeplattform der Bohrinsel …

Joy betrachtete Rick, dessen Muskeln aufs Äußerste angespannt waren. Rick schrie aus voller Kehle, so dass seine Halsarterien deutlich hervortraten. Wie schön doch dieser Mann war, dachte Joy. Die hellen, blauen Augen, das ausdrucksstarke Gesicht, die dunklen, wild fallenden Haare. Joy merkte, wie ihre Haut immer heißer wurde. Sie wünschte sich, der plötzliche Temperaturanstieg wäre ihrer Schwärmerei für Rick geschuldet, doch die Ursache ihrer roten Wangen stand nicht in der Gestalt eines äußerst attraktiven Mannes vor ihr, sondern befand sich unter ihr. Die Pforten der Hölle hatten sich geöffnet. Mit aller Macht rauschte eine Feuerwalze an der Fassade des Wohnturms hoch. Das Flammenmeer hatte Mike erfasst, in einem Atemzug umhüllt und verschlungen. Als wäre das Feuer ein unzähmbares Lebewesen aus einer Fabelwelt, fuhr es spielend leicht an der Fassade entlang. Es war das Schönste und zugleich Schauderhafteste, was Joy je zu Gesicht bekommen hatte.

»Deckung!«, schrie Rick. Er packte Joy, riss sie zu Boden und legte den Arm schützend auf sie. Eine Sekunde später sprühten die Flammen an der Landeplattform vorbei, drängten in den Himmel und ließen eine Wolke aus schwarzem Rauch zurück.

»Alles okay bei dir?«, fragte Rick besorgt.

Joy nickte. »Woher zum Teufel kam das Feuer?« Sie warf einen Blick auf Liv, die neben ihr am Boden kauerte. Liv hielt den Daumen hoch. Auch ihr war nichts passiert.

Rick sprang auf. »Mike! Halt durch!«

So unvermittelt, wie die Flammen auftauchten, waren sie auch wieder verschwunden. Joy kroch vorsichtig zur Kante der Landeplattform vor und blickte in die Tiefe. Der Feuerwehrschlauch baumelte immer noch an der Fassade – aber Mike war weg.

»Oh, mein Gott!« Rick deutete auf ein unscheinbares Häufchen, das zu Füßen des Wohnturms brannte. »Da! Seht!«

»Ist das etwa ... Mike?« Vor Schreck presste sich Joy die Hand an den Mund.

»D-d-das ist d-d-dann wohl k-k-kein Assessment C-c-center«, stotterte jemand hinter ihr. Joy sah auf. Es war Ed, der neben sie getreten war.

Liv gestikulierte wild mit den Armen. »Der Hubschrauber!« Der Feuerstoß hatte den Sea Stallion in Brand gesetzt. Jede Sekunde konnte der Tank der Maschine explodieren und die Plattform in ein Flammeninferno verwandeln.

»Wir müssen hier weg!«, schrie Rick. »Sofort!«

8

In der Besenkammer des Wohntrakts …

Die Körper drehten sich an den Stricken ganz langsam hin
und her. Drei Tote hingen in der Besenkammer, die Hälse in
Schlingen. Es waren zwei greise Männer und eine Frau
mittleren Alters. Mit ausdruckslosen Augen starrten sie ins
Leere. Die Frau hatte rot geschminkte Lippen und sah Kim
sehr ähnlich. Aber es war nicht Kim. Ihre Mundwinkel waren
nach oben gezogen, als lächelte sie. Jemand musste sich große
Mühe gegeben haben, ihre Leiche herzurichten. Der Geruch
von Formalin lag in der Luft. Wer waren die Toten? Und wer
hatte die drei umgebracht? Unter den Füßen der Frau führte
ein Schacht in die Tiefe. Eine Leiter gab den Weg in die
Dunkelheit vor. Der Abgrund hatte sich just in dem Moment
aufgetan, als Claas an einer Stange zog, die er für einen
Besenstil hielt. Eine Bodenluke war aufgesprungen und hatte
den geheimen Gang freigelegt. Claas ging in die Knie. Der
Lichtkegel der Handy-Lampe konnte das Ende des Schachts
nicht erhellen. Es war die Story des Jahrhunderts, wie sein
Chefredakteur ihm versprochen hatte. Geheimnisvoll und
abgründig. Claas zitterte vor Aufregung. 10.000 Euro hatte
der Chefredakteur ihm im Voraus bezahlt, die restlichen
90.000 Euro sollte er bekommen, wenn die Geschichte
abgeliefert war. Claas stieg mit dem linken Fuß voran auf die
Leiter. Was würde ihn da unten erwarten? Ein guter
Investigativ-Reporter musste etwas riskieren. Vielleicht sogar
sein Leben? Es war für Claas die einzige Möglichkeit, sich zu
rehabilitieren. Mit einem Schlag konnte er so seinen Ruf
wiederherstellen. Sprosse für Sprosse stieg Claas weiter nach
unten. Eine Erschütterung erfasste den Schacht. Staub und

Metallspäne rieselten auf sein Gesicht. Er senkte den Kopf und klammerte sich an die Leiter. Ein dumpfer Schlag war zu hören. Etwas Großes musste explodiert sein. Claas blickte auf. Für ihn gab es kein Zurück. Von innen ließ sich die Tür der Besenkammer nicht öffnen. Was blieb, war der Weg nach unten, geradewegs hinab in die Dunkelheit.

9

Auf der Bohrinsel, in der Lounge …

»Nichts zu machen«, sagte Rick, begleitet von einem resignierenden Kopfschütteln. »Ich krieg die Tür einfach nicht mehr auf.«

»Das gibt's doch nicht.« Joy blickte durch den Spalt nach draußen. Um mehr als zwei Zentimeter ließ sich die Tür zur Landeplattform nicht öffnen. »Irgendwas blockiert den Weg.«

»Und wenn wir uns alle gemeinsam gegen die Tür stemmen?«, schlug Liv vor.

»Keine Chance«, erwiderte Rick, »da müssen richtig schwere Trümmerteile rumliegen.«

»Wir könnten ja 'n Brecheisen nehmen«, sagte Joy.

Rick nickte. »Wenn wir eins finden, können wir's damit versuchen.«

Liv hockte sich auf den Boden und schnaufte durch. Gerade noch rechtzeitig, Sekunden, bevor der Hubschrauber explodiert war, hatten die die drei zusammen mit Ed in die Lounge flüchten können.

»Seht's mal positiv«, sagte Rick, »zumindest sind wir noch am Leben.«

»F-f-ragt sich nur, w-w-wie lange noch.« Ed ging zur Theke und schenkte sich einen Whiskey ein. Seit Jahren hatte er nicht mehr gestottert, doch die Blutspuren in Kims Kabine hatten die Erinnerungen an seine Kindheitstage zu neuem Leben erweckt. Der Schuld, die er auf sich geladen hatte, konnte er nicht entkommen. Entgegen aller Gewohnheit trank Ed den Whiskey diesmal pur. Er brauchte jetzt unbedingt Alkohol, um seine Nerven zu beruhigen. Ed leerte das Glas in einem Zug aus und schüttelte sich. Sofort goss er sich den nächsten Whiskey ein.

»Mensch, du hast ja was abgekriegt.« Behutsam berührte Joy Ricks Schulter. »Deine Klamotten sind ja ganz blutig.«

»Was?« Rick verzog das Gesicht, während er vorsichtig sein T-Shirt anhob. Dicht unterhalb des rechten Rippenbogens hatte sich ein spitzes Metallstück in die Haut gebohrt. Rick zog es mit einem Ruck heraus und presste instinktiv die Hand auf die Wunde. Blut rann zwischen seinen Fingern hindurch. Verdammt viel Blut, dachte Rick.

***

Berlin, Deutschland.
Sieben Monate zuvor.
Café Origins in den S-Bahnbögen auf Höhe der Jacob-und-Wilhelm-Grimm-Bibliothek der Humboldt Universität ...

Rick goss die frisch geschäumte Milch in den Kaffee. Seine Bewegungen wirkten souverän, jedes kurze Absetzen des Milchkännchens zelebrierte er mit großer Hingabe. Am Ende war eine weiße Tierfigur im bräunlichen Milchschaum entstanden. »Ein Schwan für meine Lady«, sagte Rick und schob den Becher über den Tresen. Die Blondine auf der anderen Seite der Theke zog ihren dünnen Trenchcoat zurück. Nur noch ein hautenger Body verdeckte ihre üppigen Brüste. Die attraktive junge Frau stellte sich auf die Zehenspitzen und lehnte sich so weit wie möglich zu Rick hinüber, der sich im Gegenzug zu ihr vorbeugte. »Ich liebe deinen Schwanz«, flüsterte die Frau ihm ins Ohr. »Bis nachher dann!« Sie nahm den Café-To-Go-Becher in die

Hand und ging zum Ausgang, nicht ohne Rick beim Rausgehen ein verführerisches Lächeln zuzuwerfen.

»Du bist vielleicht 'n Glückspilz«, sagte Ricks Kollege neiderfüllt, während er den Siebträger der Espressomaschine ausklopfte.

Nachdenklich schüttelte Rick den Kopf. »Ich hoffe, sie liebt nicht nur ... na ja, du weißt schon ...«

»Was für 'ne heiße Braut. Das gibt's nicht. Wow! Das Top ... hast du gesehen, wie sich die Brustwarzen ...?«

»Johannes, ich weiß echt nicht, was ich von Anja halten soll.«

»Na, ich schon. Meine Güte, was für 'ne heiße ... wow ...«

»Das meine ich nicht.«

»Und was meinst du?« Verwundert zog Johannes die Augenbrauen hoch.

»Was will Anja von mir?«

»Na, was schon.«

»Schon klar, aber ...«

»Wie ist denn der Sex so? Wohl nicht der Rede wert oder was?« Johannes sah Rick provozierend an. Der lächelte spitzbübisch, sagte aber nichts. »Oh, du Arsch, ich wusste es«, fluchte Johannes. »Sie ist 'ne ganz, ganz heiße Nummer.«

»Und wenn es ihr nur um Sex geht?«, fragte Rick nachdenklich.

Johannes boxte Rick kameradschaftlich in die Seite. »Weißt du eigentlich, dass dich alle Männer hier beneiden?«

»Echt?«

»Komm, jetzt tu mal nicht so. Wieviel Frauen hattest du im letzten Jahr?«

»Weiß nicht.«

»Dann helfe ich dir mal auf die Sprünge. Es waren mehr Frauen, als ich im ganzen Leben hatte. Und du weißt, wie viele ich hatte.«

»Du hast es häufig genug erwähnt.«

»Und deine, das waren alles heiße, heiße Chicks.«

»Du zählst wirklich mit?«, wunderte sich Rick.

»Ich schließe mit den Jungs sogar Wetten ab. Rick, wenn du nicht so 'n verdammt netter Kerl wärst, würde ich dich echt dafür hassen. Du bekommst alle Frauen ...«

»... nicht alle ...«

»... hast Sex ohne Ende und am Ende keine Verpflichtungen.«

»Das ist ja das Problem. Weißt du, wenn's ernst wird, ziehen die Girls doch den Kommilitonen vor, mit dem sie in der Vorlesung sitzen. Der reiche Juristensohn ist am Ende die sichere Nummer. Ich bin eben kein Typ für den philosophischen Abend am Kaminfeuer. Mich kann man auch nicht in der feinen Gesellschaft vorzeigen.«

»Ich fass es ja nicht! Du bist der erste Gigolo, der 'ne feste Bindung will.«

»Und wenn's denn so wäre?«

Johannes nahm sein Basecap ab, fuhr sich durch die perfekt getrimmten Haare und setzte sich das Cap wieder auf. »Kannst du dir eigentlich vorstellen, wie viel Geld ich für meine Tattoos und die Piercings ausgegeben hab'? Und was bringt's? Siehst du die beiden Täubchen da hinten am Ecktisch?« Johannes ließ den Espresso aus der Kaffeemühle in den Siebträger rieseln. »Die starren nur dich an. Natürlich. Mit dir zusammen in der Shift zu arbeiten, ist echt ätzend. Vielleicht wär's besser, wenn ich schwul wäre. Dann könnt' ich dich auch anhimmeln.«

»Am Anfang war der ungezwungene Sex auch klasse, aber jetzt ... ich weiß auch nicht ... vielleicht werd' ich zu alt.«

»Du bist 25 ...«

Jemand trat an die Theke heran. »Einen Café latte, bitte«, sagte ein groß gewachsener, hagerer Mann um die sechzig.

»Ein oder zwei Shots?«, fragte Johannes, ohne aufzublicken.

»Ein Shot reicht.«

»Kommt sofort.«

Der Mann wendete sich an Rick. »Sind Sie Herr McBride?«

»Wer will das wissen?«

»Ich habe eine Überraschung für Sie.«

»Ich hoffe, es ist nichts Schlechtes.«

»Eine Überraschung ist immer etwas Positives.«

»Ist das so?«

»Sie haben das große Los gezogen.«

»Sagt wer?«

»Na, ich.«

»Und wie heißen Sie?«

»Nennen Sie mich Bob. Einfach nur Bob.«

∗∗∗

Sieben Monate später.
In der Lounge der Bohrinsel …

Joy drückte mehrere Kompressen auf Ricks Wunde. »Press du jetzt mal«, sagte sie zu ihm.

Rick kniff sein Gesicht vor Schmerz zusammen. »Alles halb so wild.«

»Jetzt markier hier mal nicht den starken Mann und lass dir helfen.« Joy holte eine Pflasterrolle aus dem Verbandkasten, den sie unter dem Tresen der Bar gefunden hatte, und fixierte die Kompressen mit vier Streifen auf Ricks Haut.

»Ach, das ist doch nur 'n Kratzer«, wiegelte der ab.

»Lass mich mal machen. Außerdem will ich nicht, dass du dein T-Shirt komplett vollblutest.« Joy lächelte. »Ein Bruce-Willies-Macho-Gedächtnis-Outfit ist für mich 'n absolutes No-Go.«

»Ich werd' mir das nächste Mal mehr Mühe geben, nicht soviel zu bluten«, erwiderte Rick mit ironischem Unterton.

»Das will ich dir auch geraten haben.« Joy betrachtete fasziniert Ricks durchtrainierten Oberkörper. Unbewusst legte sie ihren Kopf in den Nacken und spitzte den Mund. »Du bist auch so schon sexy genug.« Das Kompliment klang wie eine Beschwerde.

Rick lächelte verschmitzt. »Da zahlen sich die vielen Stunden im Gym aus.«

»Claas und Kim sind verschwunden«, jammerte Liv vor sich hin. »Und der arme Mike ist tot.« Auf dem Boden hockend, begrub Liv ihr Gesicht in den Handflächen.

»W-was kümmert's uns?«, fragte Ed abfällig. Sein Stottern ging zunehmend in ein Lallen über. »Wir kannten d-den Mann kaum.«

»Ich werde dran denken, wenn's dich erwischt«, erwiderte Joy vorwurfsvoll.

»D-deine Krokodilstränen brauch' ich nicht. G-glaub' mir.«

»Ed, Kumpel, trink besser nicht so viel«, beschwichtigte Rick ihn. »Wer weiß, was uns hier noch erwartet. Wir müssen 'nen klaren Kopf behalten.«

»Eben drum. D-denk an Mike. Der würde jetzt auch l-lieber mit Alkohol im Wanst auf'm Obduktionstisch liegen.«

Liv stand auf, ging zum Panoramafenster und sah nach draußen. »Die Tür zum Landeplatz ist versperrt, das Fenster lässt sich nicht öffnen und das Treppenhaus ist zugemauert. Wie kommen wir jetzt nur hier raus?«

Ed schraubte den Verschluss der Whiskeyflasche zu. Fürs Erste war sein Alkoholpegel ausreichend, um seine Zunge zu lösen. »Eins-n-null-sieben.«

»Wie?«, fragte Joy. »Die Zahl an der Backsteinwand im Treppenhaus?«

»W-was hat die 107 wohl zu bedeuten?«, murmelte Ed vor sich hin. Nachdenklich strich er sich über den Bart.

»Ein Code?«, fragte Rick in die Runde.

»D-dreistellig? Das wär' ja armselig.« Ed zog seine Augenbrauen hoch, als erinnerte er sich an etwas. »Ich hab' die Zahl hier schon m-mal gesehen. Da bin ich mir sicher.«

»Ich denke, wir sollten uns an die Nachricht halten, die auf dem Anrufbeantworter war«, bemerkte Liv. »Jemand sprach von großer Schuld. Welche Schuld meint er nur damit?«

»I-ich hab's!«, sagte Ed und schnippte mit den Fingern. Die anderen sahen ihn überrascht an. Ed ging zum Billardtisch hinüber und klaubte die schwarze Kugel auf.

»Ja und?«, wunderte sich Joy. »Wie bringt uns das jetzt weiter?«

»Na, dann schaut mal g-genau hin.« Mit breitem Grinsen präsentierte Ed die Billardkugel. Jemand hatte aus der »8« mit wasserfestem Filzschreiber eine »0« gemacht und die Ziffern »1« und »7« links und rechts ergänzt.

10

Im geheimen Schacht …

Claas hatte den stechenden Geruch des Formalin noch immer in der Nase. Die drei Menschen in der Besenkammer mussten schon tot gewesen sein, als ihnen jemand Stricke um die Hälse legte. Ganz bewusst wurden sie über dem Geheimgang platziert. War es als Abschreckung gedacht? Claas hatte die letzte Sprosse der Leiter erreicht. Er kroch durch eine hüfthohe Öffnung und entstieg einem Kamin, der Teil eines herrschaftlich eingerichteten Wohnzimmers war. Claas sah sich staunend um. Wo befand er sich nur? Die Trophäen streng geschützter Tiere zierten die Wände. Ein Löwe und ein Nashorn starrten mit leeren Augen auf eine eingedeckte Tafel, die in der Mitte des Wohnzimmers stand. An der Stirnseite des langen Eichentisches waren mehrere Stühle umgeworfen. In ein Stuhlbein hatte jemand eine Botschaft geritzt:

Wir sind alle schuldig!

Ein Geräusch ließ Claas zusammenzucken. Es kam aus der angrenzenden Küche und klang so, als wäre ein Teller auf den Boden gefallen und zersprungen. Claas stockte der Atem. Er war nicht allein. Zwei Schritte, die einem Stampfen nahekamen, begleitet von einem Pochen. Und wieder: zwei schwere, stampfende Schritte und das Pochen. Claas starrte zur Türflucht. Ein Schatten zeichnete sich auf den Küchenfliesen ab. Der Kamin war zu weit weg. Claas flüchtete kurzerhand unter den Tisch. Seine Hände tauchten in eine zähflüssige Substanz ein, die auf dem Boden verspritzt war. Es war halb geronnenes Blut, das an seinen Fingern kleben blieb. Zwei Schritte und ein Pochen – diesmal wurde das Geräusch vom Teppichboden gedämpft. Der Fremde war im Wohnzimmer angelangt. Wie ein verängstigter Hund kauerte Claas unter dem Tisch. Etwas bewegte sich dicht neben ihm. Es schob sich voran, glitt spielerisch leicht über den Teppich – um dann zu erstarrten. Das Pochen wanderte weiter den Tisch entlang und eine Leiche blieb zurück. Der graue Overall eines Piloten zeichnete sich unter der Plastikfolie ab, in die die Leiche gewickelt war. »Mike«, flüsterte Claas entsetzt.

11

In der Lounge …

»Ein b-bisschen Fantasie!« Mit einem selbstzufriedenen Lächeln fuhr sich Ed über den Bart. »Wenn wir der Spur also n-nachgehen. Wo g-geht die schwarze Billardkugel hin?«

»In eins der Löcher«, antwortete Joy genervt.

»G-genau …« Ed durchsuchte die Taschen des Billardtisches. In der ersten Ecktasche wurde er fündig. »W-wer sagt's denn!« Ed hielt einen Schlüssel in die Höhe. Auf dem Anhänger stand eine Zahl. Es war die Zahl 107.

»Sieht aus wie 'n Zimmerschlüssel.« Rick runzelte die Stirn. »107 muss doch im ersten Stockwerk sein, oder?«

»Die Zimmer in diesem Stockwerk tragen aber keine Nummern«, wandte Joy ein, »Warum sollten die in der ersten Etage dann welche haben?«

Ed betrachtete den Schlüssel. »Aus Messing. G-gehört in ein …«

»… Messingschloss«, ergänzte Liv.

»Seht ihr eins?«, fragte Joy.

»Da an der Wand ist ein goldenes Schild mit einem Loch«, sagte Rick. »Direkt neben dem Männerklo. Meint ihr so was?«

»Warum ist das Schild da nur an der Wand montiert?«, wunderte sich Liv. »Wozu soll das Schloss dann überhaupt gut sein?«

»Wir werden's r-rausfinden.« Ed steckte den Schlüssel mit dem Anhänger »107« in das Schlüsselloch. »P-passt wie angegossen.«

Joy trat einen Schritt näher heran. »Jetzt bin ich aber gespannt.«

»Alles b-bereit?«

»Jetzt mach schon«, drängte Joy, »oder brauchst du 'n Tusch?«

Ed drehte den Schlüssel um. Ein Klacken war zu hören – sonst passiere scheinbar nichts. »Was?« Ed sah sich verblüfft um. »D-das war's jetzt? M-mehr kommt nicht?«

»Es klang so, als wäre etwas aufgegangen.« Liv räusperte sich. »Hinter der Wand.«

»Was? Auf dem M-männerklo?«, fragte Ed.

Rick stieß die Tür zu den Toiletten auf und lugte vorsichtig um die Ecke. Neben den Waschbecken gab es einen Fahrstuhl, dessen Tür offen stand. »Glaubt's man's denn? Ein Lift? Hier? Auf dem Klo?«

»Was ist das denn für 'ne Wohnanlage?«, fragte Joy ungläubig. »Das ist ja wie …« Joy stockte.

»Wie was?«, hakte Rick nach.

»Ach, nichts.«

»Dann lasst uns m-mal los«, sagte Ed und betrat die Kabine.

»Du willst den Fahrstuhl benutzen?« Joy schüttelte entgeistert den Kopf. »Spinnst du jetzt?«

»Wir sollten nicht runterfahren«, flüsterte Liv vor sich hin.

Ed stöhnte auf. »W-worauf wollt ihr warten? Dass heute N-nacht der nächste geholt wird?«

»Wer sollte uns holen wollen?«, fragte Liv. »Sag mir, wer zum Teufel sollte uns denn holen?«, wiederholte sie mit fast hysterischer Stimme. »Da ist niemand!«

Ed verschränkte die Arme trotzig vor der Brust. »Macht d-doch, was ihr wollt. Ich f-fahr' runter.«

»Es gibt in der Kabine nur 'nen Knopf mit 'nem Pfeil nach unten«, sagte Rick verwundert. »Keine Etagenanzeige, keinen Notruf. Nichts. Nur diesen einen Knopf mit dem Pfeil nach unten.«

»Ist d-doch gut. Dann fällt d-die Entscheidung umso leichter, was wir drücken.«

»Aber in welche Etage fährt der Fahrstuhl dann?«

»Hauptsache, das D-ding fährt runter«, knurrte Ed. »Ich will nur noch weg von dieser b-beschissenen Bohrinsel.«

»Wir müssen ins Erdgeschoss«, war sich Rick bewusst. »Wenn Hilfe kommt, kommt sie von unten. Die Plattform ist nach der Explosion des Hubschraubers bestimmt 'n einziges Trümmerfeld.«

»Wir ... ich denke, wir sollten nicht alle zusammen fahren«, schlug Liv zögerlich vor. Sie knabberte an ihren Fingernägeln. »Wir könnten uns aufteilen. Zwei bleiben hier, zwei fahren runter. Dann können die, die oben bleiben, zur Not den Fahrstuhl rufen.«

»Ach ja? U-und welchen Knopf willst du d-drücken, um den Fahrstuhl zu rufen?«, fragte Ed.

»Den ...« Liv suchte die äußere Türleiste des Fahrstuhls ab. »Es ... es gibt keinen Knopf. Das ist ja verrückt.« Liv strich sich mit dem Finger über den zerlaufenen Lidschatten. Ihr langgezogener, alt-ägyptisch anmutender Lidstrich war kaum mehr zu erkennen.

»Und was machen wir nun?«, fragte Joy. »Bleiben wir hier oben oder fahren wir runter?«

»Wir müssen runter, und zwar alle gemeinsam«, sagte Rick entschieden. »Zu viert haben wir die besten Chancen.«

Joy nickte. »Wir müssen es riskieren. In der Lounge zu bleiben, ist keine Lösung. Wir sind hier komplett isoliert.«

»Was ist aber mit Claas und Kim?« Livs Stimme bebte. »Vielleicht sind sie noch auf dieser Etage? Wir können sie doch nicht einfach ...«

»Du weißt, dass Claas und Kim nicht mehr hier oben sind.« Rick legte behutsam eine Hand auf Livs Schulter. »Wenn wir die beiden finden wollen, müssen wir runter.«

»G-genug der Worte gewechselt«, sagte Ed. »Stimmen wir ab. Wer kommt m-mit in den Fahrstuhl?«

Joy und Rick hoben gleichzeitig die Hände. Dann gab auch Ed sein Okay. Nur Liv blieb unschlüssig. »Es gibt dann kein Zurück mehr.«

»Komm schon«, sprach Joy ihr Mut zu. »Gemeinsam stehen wir das durch.«

»Aber es geht doch nur abwärts«, fügte Liv nachdenklich an. »Wisst ihr, was das bedeutet?«

»L-lass es uns rausfinden«, sagte Ed.

»Wir müssen uns aber vorbereiten.« Rick presste seine Hand auf den Verband. Seine Wunde schmerzte. »Mal sehen, was es so in der Bar gibt. Ein paar Messer zur Verteidigung wären nicht schlecht.«

»G-gut«, freute sich Ed. »D-dann hol ich mir gleich noch meinen Whiskey. D-dieses scheiß Stottern muss endlich aufhören.«

12

In einem herrschaftlich eingerichteten Wohnzimmer ...

Der Minutenzeiger der Standuhr bewegte sich nicht. Seit einer gefühlten Ewigkeit zeigte das Zifferblatt dieselbe Uhrzeit an: 0:45 Uhr. Hände und Knie in einer Blutlache, kauerte Claas auf allen vieren unter dem Wohnzimmertisch. Neben ihm lag ein Toter. Dessen Gesicht war hinter der trüben Plastikfolie, in die der Körper eingewickelt war, nicht zu identifizieren. Claas hatte sofort an Mike denken müssen, auch wenn er nicht mit Bestimmtheit sagen konnte, dass es der Pilot war. Statur und Kleidung stimmten. Jemand hatte die Leiche neben dem Tisch abgelegt. Claas spürte die Anwesenheit des anderen, auch wenn er ihn nicht sah. Das Licht in der Küche begann zu flackern. Claas kroch zu einem umgeworfenen Stuhl und hielt inne. Jemand war ganz in der Nähe. Claas konnte es spüren. Ein verräterisches Husten, ein zu lautes Magengrummeln, irgendwann würde sich Claas verraten. Er musste fliehen. 0:45 Uhr. Als wäre die Zeit stehen geblieben, bewegte sich der Zeiger der Standuhr nicht. Hier die Beute, am anderen Ende der Tafel der Jäger. Wie zwei Tiere, die sich belauerten. Claas lugte hinter dem Stuhl hervor. Das Licht in der Küche ging aus. Ein Kurzschluss? Oder ein anderer Defekt? Jetzt oder nie! Claas verließ den Schutz des Tisches und kroch über den Teppich, ohne sich umzusehen. Ein Geräusch erschütterte ihn bis ins Mark. Es war ein Pochen, das von zwei stampfenden Schritten begleitet wurde. Claas sprang auf und rannte in die Küche. Mehrere Gegenstände hingen an der Decke. Er konnte im Zwielicht nicht erkennen, worum es sich handelte. Zwei stampfende Schritte und ein Pochen. Es gab keine Tür. Keinen Ausweg.

Zurück ins Wohnzimmer konnte er nicht. In der Ecke der Küche stand eine merkwürdige Maschine, die wie ein überdimensionaler Teigrührer aussah. Die metallische Schüssel unter dem Maschinenaufsatz war groß genug, um sich darin zu verstecken. Ein Pochen, begleitet von zwei stampfenden Schritten. Dicht hinter ihm. Claas sprang in die Schüssel. Er ertastete etwas, das sich wie ein Knochen anfühlte. Ein Pochen, begleitet von zwei stampfenden Schritten. Das Licht in der Küche ging an. Wie war das möglich? Claas presste eine Hand auf seinen Mund. Keinen Laut durfte er von sich geben. Auch nicht jetzt, wo er der Wahrheit ins Auge blickte. Adrenalin flutete seinen ohnehin bis zum äußersten angespannten Körper, als er begriff, welches Versteck er sich in seiner Verzweiflung ausgesucht hatte. Es war ein Fleischhomogenisator, der zum Zerkleinern von Schlachtabfällen benutzt wurde. Messerscharfe Rotationsklingen neben sich, lag er inmitten von zertrümmerten Knochen. Auf einem Hautfetzen konnte man noch die Reste eines Tattoos erkennen: einen Drache, aufwändig in mehreren Farben gestochen. Es waren Menschenknochen, die in dieser Maschine zerkleinert wurden. Claas war in einem Alptraum gelandet, und der Blick an die Decke der Schlachtküche machte es nur noch schlimmer. An Fleischerhaken hingen fünf Menschen, die wie die Leiche im Wohnzimmer in Plastikfolie gewickelt waren. Ein Pochen auf den Fliesen dicht neben ihm – dann schlug jemand mit einem harten Gegenstand gegen die Schüssel. Es war ein einziger, grausamer Schlag, der Claas Klarheit verschaffte. Das Katz- und Mausspiel hatte ein Ende. Er war in die Falle gegangen. Eine rote Warnlampe am Homogenisator sprang an, und die Messer begannen, sich langsam in Bewegung zu setzen.

13

Im Fahrstuhl …

»Wo sind wir?« Rick lugte aus der Kabine des Fahrstuhls heraus. Eine zweiflüglige Tür lag am Ende eines kurzen Flurs.

»Auf jeden Fall sind wir nicht im Erdgeschoss«, bemerkte Joy. »Dafür war die Fahrt einfach nicht lang genug.«

»Verdammt!«, fluchte Ed. »D-das waren höchstens drei Stockwerke!« Die Whiskeyflasche in der Hand, hämmerte er auf den einzigen Knopf, der sich in der Kabine befand. Die Fahrstuhltür aber wollte sich nicht schließen. Ed unterdrückte ein Rülpsen, indem er die Faust auf den Mund presste. »Scheiße!«

»Es geht nicht weiter«, flüsterte Liv zaghaft.

»Sehen wir uns mal um«, sagte Joy.

»Ich bleibe solange hier und sichere den Fahrstuhl.« Liv unterbrach die Lichtschranke mit dem Bein.

»Na, dann los!« Rick stieß die zweiflüglige Tür auf.

»Zum Teufel …?« Was Ed sah, verstörte ihn. In der Mitte des schwarz gestrichenen Zimmers stand ein Sarg, der von Scheinwerfern erleuchtet wurde. Ein Kreuz zierte den Deckel, sonst gab es keinerlei Schmuckelemente. Kaum vernehmbar erklang aus Deckenlautsprechern Kirchenmusik. Ein Kinderchor, begleitet von Orgellauten.

»Eine Beerdigung?«, wunderte sich Rick und trat näher an die Blumengestecke heran, die den Sarg säumten.

»Wer wohl da drin liegt?«, fragte Joy.

»Na, w-wer wohl? Dieser Knilch da.« Ed deutete auf das Bild, das an der Wand hing. Es war das überdimensionale Porträtfoto eines greisen Mannes mit eingefallenen Wangen.

»Ausradiert«, murmelte Joy vor sich hin. Das Gesicht des Verstorbenen war unkenntlich gemacht. Hunderte von Kratzern hatten dem Antlitz jegliche Identität genommen. Joy schüttelte den Kopf. »Wer hat nur solche Aggressionen? Und warum?«

Rick drückte seine Hand auf die schmerzende Wunde. »Gibt es auf 'ner Bohrinsel überhaupt Beerdigungen?«

»Bohrinsel. Dass ich nicht lache«, brummte Ed. »D-du glaubst wirklich, dass auf dieser Anlage noch Öl gefördert wird? Dann bist du naiver, als ich angenommen hab'.«

»Wir haben den Förderturm gesehen und den Lagertank«, entgegnete Rick. »Die vielen Rohrleitungen. Das sieht alles total neu aus.«

»Vielleicht war das m-mal als Bohrinsel geplant und gebaut, aber jetzt passieren hier ganz andere Dinge.« Ed kämmte seine fettigen langen Haare mit den Fingern zurück. »That's for fuckin' sure.« Er genoss es, kaum noch zu stottern, auch wenn der Preis dafür hoch war. Ed betrachtete die halbleere Whiskeyflasche in seiner Hand. Am liebsten hätte er die Flasche auf den Boden geschleudert, aber sie schien bereits Teil seines Körpers geworden zu sein.

»Kein einziges Messer war in der Bar«, überlegte Rick. »Gabeln, Löffel, all das, nur keine Messer.«

»Jemand hat die Schubladen gezielt leergeräumt«, wurde sich Joy bewusst.

Griesgrämig verzog Ed sein Gesicht. »Wer weiß, wo wir gelandet sind.«

»Es gibt nur eine Möglichkeit zu sehen, wer da wirklich im Sarg liegt«, sagte Rick.

»Mensch, mach keinen Mist.« Joy griff nach Ricks Arm, um ihn zurückzuhalten. »Wer weiß schon, was da ...«

Rick aber ließ sich nicht beirren. Mit einem Ruck klappte er den Deckel des Sargs auf.

14

In der Schlachtküche …

Claas schrie wie von Sinnen, als sein linker Fuß von den
Klingen des Homogenisators erfasst wurde. Unbarmherzig
wühlte sich die Messerwand durch den Fleischberg, dessen
Teil er werden sollte. Im letzten Moment wuchtete Claas
seinen Körper auf die Kante des Mischbehälters hoch und
ließ sich auf die Fliesen fallen. Er versuchte aufzustehen, doch
ein stechender Schmerz ließ ihn wieder zusammenbrechen.
Ein Schuh fehlte. Und sein Fuß? Was war mit seinem Fuß?
Weg von diesem teuflischen Knochenzertrümmerer! Nur
weg! Im Augenwinkel sah er einen Schatten. Gab es einen
Ausweg? Unter der Spüle war ein Loch in der Mauer. Claas
kroch über den Boden. Der Schatten im Augenwinkel wurde
größer. Ein Pochen und zwei stampfende Schritte. Keine zwei
Meter entfernt. Claas schob einen abgetrennten Arm zur
Seite, der auf den Fliesen lag. Wer konnte nur so krank sein,
Menschen zu schlachten? Ein feuriger Schmerz in seinem
Bein, als markierte ihn jemand mit einem Brandeisen.
Weiter! Immer weiter! Der Kopf war im Mauerdurchbruch,
seine Hände ertasteten sandigen Grund. Es war fast geschafft!
Claas schob sich mit aller Macht in das rettende Loch, indem
er sich mit dem rechten Fuß von den Fliesen abstieß. Was
war nur mit seinem linken Fuß? Warum hatte er kein Gefühl
mehr in seinen Zehen? Den grellen Lichtschein in der Küche
hinter sich lassend, wurde Claas von der Dunkelheit
vereinnahmt. Helligkeit bedeutete den Tod, die Finsternis
war seine Rettung. Einer Ratte gleich, die sich vor seinem
unbarmherzigen Häscher in einem Loch verkroch.

15

Im Andachtsraum ...

»Viel ist ja nicht mehr d-dran an ihm«, sagte Ed beim Betrachten des Toten, der vor ihm im Sarg lag.

Joy wandte ihren Blick ab. »Was meint ihr, warum er kein Gesicht mehr hat?«

Ed beugte sich über den offenen Sarg und musterte den Toten aus nächster Nähe. Die Gesichtshaut war mit einem einzigen, großflächigen Schnitt entfernt worden, der quer über die Stirn ging, an den Ohren vorbeiführte und das Kinn einschloss. Die Augen lagen offen in den Schädelhöhlen. Die Gesichtsmuskeln, die den Kiefer hielten, wirkten, als wären sie mit einer konservierenden Lösung imprägniert worden. Als Ed den langen Mantel sah, in den der Tote äußerst straff gewickelt war, musste er an die Bandagen von ägyptischen Mumien denken. »Hab' ich was verpasst? Ist das 'n neues Bestattungsritual oder was?«

»Vielleicht Voodoo?«, warf Rick ein.

Joy klappte den Deckel des Sargs wieder zu. »Ich denke, eurem Voyeurismus ist jetzt Genüge getan.«

»Wer tut so was nur?«, fragte Rick. »Und warum ausgerechnet hier? Mitten im Atlantik?«

Ed nahm einen Schluck aus der Whiskeyflasche. »Wir sind hier verdammt abgeschieden. W-welche Leute auch immer diese okkulten Bestattungen veranstalten, wollen ungestört bleiben.«

»Wir müssen weiter«, drängte Joy. »Raus hier ... irgendwie ...«

Ed kramte in seiner rückseitigen Hosentasche. »Wie wär's damit?« Er zeigte den Messingschlüssel mit dem Anhänger »107« vor.

»Du hast den Schlüssel mitgenommen?«, wunderte sich Rick.

»Mhm, ja«, brummte Ed. »Leidvolle Erfahrungen nach Sauftouren. W-wenn ich einen gewissen Alkoholpegel hab', steck' ich instinktiv alle Schlüssel ein, die ich kriegen kann. Ist von Vorteil, wenn man n-nachher vor 'ner verschlossenen Haustür steht.«

Rick grinste. »Man kann den Ersatzschlüssel natürlich auch bei der Nachbarin deponieren.«

»The same procedure as last time?« Joy sah sich um. »Seht ihr irgendwo die Messingplatte?«

»Nein«, erwiderte Ed. »D-da ist nichts. Bis auf das Bild mit dem ausradierten Alten.«

»Vielleicht ist die Platte ja nicht an der Wand, sondern direkt unter uns«, sagte Rick und räumte ein Blumengesteck zur Seite.

Joy schüttelte den Kopf. »Ich weiß ja nicht.«

Rick hob das nächste Gesteck hoch. »Ja, wer sagt's denn!«

»Woher wusstest du d-das?« Ed betrachtete die Messingplatte, die in den Boden eingelassen war.

»Ach, nur so 'ne Ahnung.«

»Na, von solchen Ahnungen können wir nicht genug bekommen.« Ed kniete sich hin. Dabei fiel ihm auf, dass auf der Messingplatte etwas eingraviert war:

Deine Maske gibt dem Toten die Identität zurück.

Beim Drehen des Schlüssels erklang ein knackend-rasselndes Geräusch, als würde ein mechanischer Apparat aufgezogen werden. »Das wird ja immer verrückter.« Ed drehte den Schlüssel bis zum Anschlag um.

»Die Taste im Fahrstuhl blinkt!«, rief Liv aus dem Hintergrund. »Habt ihr was damit zu tun?«

»Keine Ahnung«, murmelte Ed vor sich hin. »Wahrscheinlich schon.«

Joy fuhr mit den Fingern nervös über ihre spröden Lippen. »Seht ihr den Spruch über dem Schlüsselloch? Was soll das?« Sie blickte ängstlich zum Sarg hinüber. Joy hatte bei dem rasselnden Geräusch an eine Puppe denken müssen, die aufgezogen wurde. Sie stellte sich vor, dass der Mann ohne Gesicht aus dem Sarg kam und sie mit seinen großen, freiliegenden Augäpfeln anstarrte. Wie ein lebendig gewordener Alptraum. Joy schnaufte durch. Emotionen durften keine Rolle spielen. Sie war eine Wissenschaftlerin, die rational dachte – oder im besten Fall denken sollte.

»Und was machen wir jetzt?«, fragte Rick.

»Na, was schon«, erwiderte Ed. Beim Aufstehen knackten seine Kniegelenke. »Wir fahren weiter runter. Oder w-willst du den Rest deines Lebens auf 'ner Beerdigung verbringen?«

16

In der Dunkelheit …

Hinter ihm lauerte der Tod. Die Ellenbogen am Körper, den Kopf dicht am Boden, damit er sich nicht an der Decke stieß, kroch Claas durch die Finsternis. Der Tunnel, der ihm die Flucht ermöglicht hatte, war klaustrophobisch eng. Die Luft war stickig, und Claas schwitzte. Er hatte keine Schmerzen, auch wenn er spürte, dass er schwer verletzt war. Der Schock betäubte seinen Verstand. Seinen Fuß wollte Claas nicht verlieren. Wenn ihm doch nur der Fuß blieb. Immer weiter ging es durch die Dunkelheit. Ein Zurück gab es nicht. Zu ersticken war besser, als umzukehren und wieder in die Küche zu kriechen. Alles war besser, als das Schicksal der an den Fleischerhaken Hängenden zu teilen. Absolut alles.

17

Auf dem Weg nach unten ...

Die Wände waren mit bunten Fabelwesen bemalt, die freundlich lächelten. Eine Drehlampe, die auf dem Boden stand, warf Sterne und Halbmonde an die Decke. Den Teppich zierte ein Schokoladenlabyrinth. Einzig eine Babywiege stand in der Mitte des Kinderzimmers, sonst gab es keinerlei Möbel.

»Was hat das zu bedeuten?«, fragte Rick und trat aus dem Fahrstuhl heraus, der sie in die nächste Etage befördert hatte.

»Erst waren wir auf 'ner Beerdigung, jetzt geht es um das Thema Geburt«, sagte Ed mit schwerer Zunge. »Der ewige Kreislauf.«

»Ja und?«, fragte Joy.

»Ja und ‚was'?«

»Du tust so, als wäre es das Normalste auf der Welt, was hier abgeht. Ich meine: Hallo? Wir sind mitten auf dem Atlantik!«

»Meine Beste«, lallte Ed. »Ich hab' schon andere Sachen erlebt. Glaub' mir, solange die Kobolde und Zwerge nicht von der Wand runtersteigen, ist alles in Butter.«

»Na, du bist ja gut drauf«, freute sich Rick.

»Dann musst du mich erst mal erleben, wenn ich 'n paar Pillen eingeworfen hab'.«

»Verdammt nochmal!«, sagte Joy vorwurfsvoll. »Könntest du dich mal konstruktiv beteiligen und nicht weitersaufen?«

»Entspann dich! Die Flasche ist eh fast leer.« Ed stieß auf. »Und wenn du dich nicht als mein Lady Dealer betätigst, werd' ich auch nicht halluzinieren.«

»Hört ihr das? Die Musik?« An die Decke starrend, ging Rick zur Wiege vor. »Dieses Lied ...?«

»Was meinst du, Kumpel?« Leicht torkelnd folgte Ed ihm.

Erst jetzt fiel Joy auf, dass Liv die ganze Zeit nichts gesagt hatte. Schweigend kauerte sie in einer Ecke des Fahrstuhls.

»Willst du nicht mitkommen?«

»Ich ... ich bleibe lieber ...« Liv senkte bekümmert ihren Blick. »Ich pass auf, dass die Fahrstuhltür nicht zugeht.«

»Alles klar bei dir?«

»Ich ... weißt du ...« Liv atmete tief durch. »Ich erzähl' es dir später.«

»Ist gut. Wir sehen uns nur kurz um«, sagte Joy. »Und dann reden wir ... okay?«

Liv nickte. »Okay.«

***

»Da liegt niemand drin«, sagte Ed beim Betrachten der Babywiege. »Na, vielleicht ist es auch besser so. Bei dem Lauf, den wir haben, wär's eh 'n Zombie-Baby.«

Eine Spieluhr klimperte leise das Kinderlied *Maikäfer, flieg.*

»Wo kommt die Musik her?«, fragte Rick.

»Vielleicht aus der Wiege?« Ed hob die Decke hoch. »Seht euch das da mal an.« Etwas war auf den Bezug des Bettchens gestickt worden:

Nur wer seine Maske fallen lässt, kann der Wahrheit ins Auge blicken.

»Was hat das zu bedeuten?«, fragte Rick. »Wer soll seine Maske fallenlassen?«

»Woher soll ich das wissen?«, entgegnete Ed.

»Wer die Maske fallenlässt, wird der Wahrheit ins Auge blicken«, wiederholte Joy mit leiser Stimme, während sie auf

die leere Babywiege starrte. »Die Maske muss fallen … es gibt
keinen anderen Weg … sie muss fallen …«

* * *

3 Jahre zuvor.
Amsterdam, Niederlande. Abortus Kliniek …

»Sie wissen, dass es eine Sünde ist.«
»Was?«
»Und Sie sündigen nun schon zum zweiten Mal!«
Der Schein der Deckenlampen blendete Joy. »Das dürfen Sie
nicht tun. Das ist keine konfessionelle Klinik. So was dürfen
sie nicht sagen.«
Die Krankenschwester sprühte die Beine der Krankenhaus-
trage mit einer Desinfektionslösung ein. Haube und Ge-
sichtsschutz angelegt, konnte Joy ihr Gesicht nicht erkennen.
Mit schlaffem Arm wischte sie sich über die Stirn. Die
Narkose begann zu wirken. »Sie dürfen das nicht sagen«,
sagte Joy benommen. »Dazu haben Sie kein Recht.«
Die Krankenschwester beugte sich über sie. »Frau van 't Hoff,
Gott wird Sie strafen. Für Ihre Sünden werden Sie in der
Hölle brennen! Ein unschuldiges Leben haben Sie schon auf
dem Gewissen. Und jetzt das nächste. Zwei verlorene Seelen,
die nicht in ihre Körper wechseln können!«
»Ich … ich werde es dem Arzt sagen, was Sie hier machen«,
sagte Joy mit schwacher Stimme. »Das dürfen Sie nicht. Das
dürfen Sie einfach nicht. Was Sie hier machen … ich bin
keine Kriminelle. Das Gesetz … es ist erlaubt …«
»Kindsmörderin«, zischte die Krankenschwester ihr ins Ohr.
»Ich … die Abtreibung … es ist mein Körper«, sagte Joy mit
brüchiger Stimme. »… meine Forschung … ich …« Dann

entfaltete die Narkose ihre volle Wirkung und Joy dämmerte ein.

***

3 Jahre später.
Auf der Bohrinsel im Nordatlantik …

»Ich musste es doch tun«, sagte Joy. Tief in Gedanken versunken, ging ihr Blick ins Leere.

»Was musstest du tun?« Ed zog die Augenbrauen hoch. Verblüfft musterte er Joy. »Ich bin hier wohl nicht der Einzige mit Erinnerungs-Flashbacks.«

»Alles klar bei dir?«, fragte Rick.

Nur langsam löste sich Joy aus ihrer Apathie. »Es muss ja gehen. Mir bleibt keine andere Wahl.«

»Also hier kommen wir nicht weiter. Wie sieht's bei euch aus?« Ed zog den Schlüssel aus seiner Hosentasche. »Lust auf die nächste Runde?«

»Fragt sich nur, wo diesmal die Messingplatte ist«, erwiderte Rick.

Ed betrachtete den Teppich, auf dem ein Labyrinth abgebildet war. Die Wände bestanden aus Schokoladen-stücken, Lutschern und Zuckerstangen. »Die Wiege steht im Zentrum. Drumherum spinnt sich der Irrgarten.«

»Wie wär's mit 'nem Spiel?« In Trippelschritten folgte Rick einem der fünf Wege, die durch das Labyrinth führten.

Ed versuchte, es Rick gleichzutun, doch immer wieder musste er Ausfallschritte machen, da er das Gleichgewicht verlor. »Ich weiß nicht … verdammt …« Ed massierte sich die Augenlider. »Wo bin ich gestartet? Scheiße aber auch.«

Rick war am Ende des Teppichs angelangt. Direkt hinter dem Ausgang des Labyrinths war ein schwarzes Bauwerk in die Textilfasern gedruckt. »Soll das 'n Turm sein oder was?« Dunkel und bedrohlich hob sich das schlanke Gebäude vom knallbunten Themenmotiv des Teppichs ab.

»Sieht eher so aus wie 'n Obelisk«, sagte Joy.

»Obelisk?« Rick runzelte die Stirn. »Wie bei den Pharaonen?« Er hob den Teppich hoch. In den Boden eingelassen war eine Messingplatte. »Also irgendwie hab' ich 'n ganz mieses Gefühl bei der Sache.«

18

In der Dunkelheit …

Claas hatte Sand zwischen den Zähnen. Der Staub raubte ihm den Atem, die Enge ließ ihn verzweifeln. Unberechenbar im Verlauf, mit scharfen Kanten und steinigen Vorsprüngen, glich der Tunnel jetzt eher einem Höhlenspalt. Ein Geräusch ließ ihn innehalten. Das Echo eines pochenden Lauts verhallte in der Finsternis. Claas lauschte angespannt. Und wieder vernahm er das pochende Geräusch.

Du entkommst mir nicht!

Sein Verfolger verspottete ihn. Verzweifelt kroch Claas weiter. Der Tunnel wurde abschüssiger, und das Pochen dröhnte in seinen Ohren. War er in die Falle gegangen? Claas kam ins Rutschen. Immer steiler ging es hinunter. Hilflos fuchtelte er mit den Händen in der Dunkelheit herum. Alles war merkwürdig glitschig. Das Pochen wandelte sich zu einem Hämmern, wurde lauter, immer lauter, und Claas fand keinen Halt. Ohne sich an etwas klammern zu können, schlitterte er in den Abgrund hinab.

19

Auf dem Weg nach unten ...

»Was zum Teufel ist das hier?« Ed trat an die Brüstung heran.
Der Fahrstuhl hatte in einer offenen Etage ohne Außenwände
gehalten. Verrostete Eisenplatten lagen auf dem Boden, in
Pfützen sammelte sich das Wasser.

»Das ist definitiv keine Bohrinsel«, sagte Rick. Eine frische
Brise wehte ihm ins Gesicht.

»Was ist es dann?«, fragte Joy ungläubig. Sie prüfte den Sitz
ihrer Haarnadeln, wie sie es jeden Tag dutzendfach machte.

»Das stellt alles auf den Kopf, was wir erlebt haben«, sprach
Liv leise vor sich hin.

Rick lehnte sich gegen die äußere Absperrung aus Eisenstangen. »Jetzt erkennt man die Wahrheit.«

»Es ist eben alles nur eine Frage der Perspektive«, sagte Ed.

»Die Bohrinsel ist nur Fassade.« Rick ließ seinen Blick über
großflächige Baugerüste wandern, die mit Planen überzogen
waren. Von der Hubschrauber-Landeplattform aus hatten
die Überwürfe aus wetterfester Folie den Eindruck vermittelt,
Lagertanks und Teile der Fördereinrichtung zu sein. Doch
der Schein trog. Vom majestätisch anmutenden Bohrturm
blieb nicht mehr als eine in der Grundplatte der Insel
verankerte Betonsäule, die sich erst am oberen Ende
verbreiterte. Hunderte von Rohrleitungen führten ziellos
über das Gelände. Stumpf endeten die Leitungen im
Nirgendwo, ohne dass ein sinngebendes System erkennbar
war. Die einzige Funktion schien zu sein, den Betrachter, der
sich auf der Hubschrauber-Landeplattform befand, zu
täuschen. Die Bohrinsel stellte sich wie die Kulisse in einer
Filmstadt dar, war Blendwerk ohne Substanz. Nichts hielt der

genaueren Betrachtung stand. Selbst die Basis des Wohnturms, in dem sie sich wähnten, war nicht mehr als eine
hohle Struktur. Der Komfort im Stockwerk unter der
Landeplattform wie die glänzende Krone, die auf einen
fauligen Zahn gesetzt wurde. Sobald man an der Oberfläche
kratzte, kam Rost zum Vorschein.

20

In der Falle …

Der Folterknecht musste ganz in der Nähe sein. Dieser geduldige Teufel, der sich durch das pochende Geräusch ankündigte. Claas wischte sich den Schleim aus dem Gesicht. Eine ölige Blutschmiere hatte seinen Körper überzogen und die Haare verklebt. Er war in einen Auffangbehälter für die Abfälle aus der Schlachtküche gestürzt. Der Verwesungsgeruch löste bei ihm Würgereize aus. Vom Becken weg führte ein türloser Flur. Die ersten zehn Meter wurden von einer bunten Lichterkette in ein diffuses Licht getaucht, das Ende des Flurs verschwand in der Dunkelheit. Von dort her musste das Pochen kommen. Claas zitterte unkontrolliert. Ein zäher Brei aus Innereien und Gedärmen stand ihm bis zum Hals. Auf einem Bein stehend, wagte er es nicht, sich zu rühren. Warum versetzte sein Verfolger ihm nicht den Todesstoß? Genoss er es, mit ihm zu spielen? Wie eine Katze, die eine Maus vor sich hertrieb, ehe sie ihr mit einem gezielten Biss das Genick brach? An die Wände waren mit einem scharfen Gegenstand Bilder von Teufeln und Dämonen gekratzt. Es waren alptraumhafte Darstellungen von Folter und Tod, in deren Zentren das überlebensgroße Abbild einer dunklen Gestalt lag, die nicht mehr war als der Schatten eines gesichtslosen Mannes mit bodenlangem Mantel und breitkrempigem Hut. Claas atmete tief durch. Es gab nur einen Weg aus dieser Hölle, und der führte ihn geradewegs in die Arme dieser Bestie.

21

Auf dem Weg nach unten …

»Das Erdgeschoss liegt direkt unter uns!« Rick presste seinen Kopf gegen das Absperrgitter. »Guckt doch, die Tür ist sperrangelweit offen!«

»Das ist keine Tür, sondern 'n Schott«, sagte Joy. »Aber wie kommen wir runter? Der Fahrstuhl fährt nicht weiter und 'n Treppenhaus gibt's auch nicht.«

Rick rüttelte am Absperrgitter. »Wenn wir eine der Eisenstangen entfernen, könnten wir runterspringen.«

»Weshalb sind wir …? Weshalb nur … verdammt …«, brabbelte Ed geistesabwesend vor sich hin. Ihm war speiübel.

»Es gibt da … es muss da ein System geben. Denk nach!« Ed schlug sich mit der Faust mehrmals gegen die Stirn. »Weshalb sind wir hier? Weshalb eigentlich?«

Rick schmetterte seinen Fuß gegen das Absperrgitter. Dann trat er nochmals zu. »Da rührt sich nichts. Das ist bombenfest verankert. Wir bräuchten schon 'ne Metallsäge.«

Ed stieß auf. Er merkte, wie sich sein Mundraum mit Magensäure füllte. Um sich keine Blöße zu geben, schluckte er das Erbrochene wieder herunter. »Ist es Zufall, dass wir auf dieser Anlage sind?«

»Du kannst dich aber schon an das Unwetter und den Hubschrauberabsturz erinnern?«, fragte Joy mit sarkastischem Unterton. »Kein Mensch kann so besoffen sein.« Sie bemerkte ein orangefarbenes Objekt, das von einem Baugerüst verdeckt wurde. Konnte das ein Rettungsboot sein?

»Das meine ich nicht.« Ed stöhnte auf. »Was verbindet uns?«

»Die Lotterie natürlich«, erwiderte Joy gereizt. »Was sonst?«

»Ja und nein«, sagte Ed. »Natürlich sind wir alle Gewinner der GC-Lotterie. Aber welche Gemeinsamkeiten haben wir sonst noch?«

»Warum sollten wir welche haben?«, fragte Joy. »Wie viele Mitarbeiter hat GC? Was ist das Gemeinsame von, sagen wir, hundert Millionen Angestellten?«

»Hey, guckt euch das mal an.« Liv versuchte, auf sich aufmerksam machen. »Hier ist ein Knopf an der Wand.« Sie drückte den Button, ohne dass es die anderen zur Kenntnis nahmen.

»Wir alle haben einsilbige Vornamen«, kam es Rick in den Sinn.

»Was?« Joy lachte auf. »Und das soll's sein?«

Ed räusperte sich. Die Magensäure brannte in seiner Speiseröhre. »Ist euch noch nicht in den Sinn gekommen, dass jemand den Hubschrauber ganz bewusst zum Absturz gebracht hat?«

»Schon klar. Und dieser Jemand hat auch das Unwetter organisiert oder was?« Joy lächelte hämisch. »Ich weiß nicht, ob Poseidon im Nordatlantik aktiv ist. Sein Aktionsradius ist ja wohl eher auf das Mittelmeer beschränkt.«

»Jetzt sei mal nicht so verdammt arrogant, als hättest du die Weisheit mit Löffeln gefressen«, erwiderte Ed. »Ich red' ja hier nicht von göttlicher Intervention. Sagen wir, dass dieser Jemand weiß, wie man ein Unwetter geschickt für seine Zwecke nutzen kann.«

»Ich bin nicht arrogant«, sagte Joy. Es wirkte trotzig.

»Aber wer sollte so was denn machen?«, fragte Rick.

»Das weiß ich ja auch nicht«, gab Ed zu. »Aber wer in der Lage ist, so 'ne Anlage wie diese hier zu bauen, dem ist alles zuzutrauen.«

»Hört ihr das?« Ein Geräusch erregte Ricks Aufmerksamkeit. »Was ist das?«

»Wovon sprichst du?« Joy zog die Augenbrauen hoch. »Ich höre nichts ...«

»Doch, doch! Es ist ein Brummen ... und ein, nun, irgendwie ... schleifendes Geräusch ...« Rick ging ein paar Schritte auf und ab. Dabei sah er auf den Boden, als suche er nach etwas. »Da kommt 'n Fahrstuhl hoch. Ja, genau, dieses Geräusch ... 'n Fahrstuhl, das muss es sein.«

»Ich habe den Knopf hier gedrückt«, sagte Liv. »Vielleicht hat das was damit zu tun.«

»Du hast *was* gemacht?«, fragte Rick.

»An der Wand ist ein Knopf«, erwiderte Liv. »Ich weiß nicht, wozu der gut ist, aber ich dachte mir, dass ...«

»Horch!«, unterbrach Rick sie. Die Wand hinter Liv öffnete sich. Es war eine getarnte Fahrstuhltür, perfekt in die genieteten Eisenplatten integriert. Liv drehte sich um. Etwas trat aus der Dunkelheit der Fahrstuhlkabine heraus und blieb doch ein Schatten. Die Ahnung eines menschlichen Körpers, ein Nichts von einem Gesicht, in Finsternis getaucht. Die übermächtige Gestalt ließ Liv aufblicken. Ein Stock fuhr auf sie herab, traf ihre Wange, schnitt sich tief in ihren Arm, durchtrennte ihr Hosenbein. Aus Holz und trotzdem messerscharf wie eine Klinge.

»Nein!«, schrie Rick. Als er sich gegen den Schatten warf, bohrte sich die Spitze des Stocks in seinen Unterleib. Rick ging in die Knie. Ein Hieb zerschmetterte sein Schlüsselbein. Der Schatten wurde eins mit der Dunkelheit, die Fahrstuhltür schloss sich und die Kabine fuhr hinab. Mit schmerzverzerrtem Gesicht sprang Rick auf. Mit der Faust hämmerte er wie besessen auf den Rufknopf. »Ich krieg dich, du

Schwein!« Er japste nach Luft. Der Stoß in den Unterleib setzte ihm zu. »Ich krieg ... dich!«

Ed und Joy standen regungslos da. Wie erstarrt sahen sie dabei zu, wie Liv zusammenbrach.

22

In der Falle …

Dieses monotone Pochen brachte Claas um den Verstand. Seit einer gefühlten Ewigkeit hallte das penetrante Geräusch durch die Dunkelheit des Flurs. Claas hatte gehofft, dass sich das Pochen in Luft auflöste. Doch das war keine Kinovorführung, in der man sich die Hände vor die Augen hielt, bis der Schrecken verschwunden war. Das war die Realität. Über und über mit einer klebrigen Schicht von Gedärmen und Innereien benetzt, kroch Claas aus dem Becken mit den Schlachtabfällen. Einer Echse gleich, die sich aus der Kloake quälte. Er musterte seinen Körper. Sein linker Fuß war stark angeschwollen. Die Klingen des Homogenisators hatten ihn schwer verletzt. Eine tiefe Schnittwunde verlief quer über den Knöchel bis hin zur Wade. Die Wunde musste gereinigt werden. Und Antibiotika brauchte er auch, wollte er keinen Wundbrand bekommen. Claas robbte durch den Flur. Das in die Wand gekratzte Abbild des Schattenmannes prangte über ihm wie ein materialisierter Alptraum aus Kindertagen. Es gab nur diesen einen Weg. Was sollte er machen? Warten, bis sein Fuß abfaulte? Das pochende Geräusch kam immer näher. Im Zwielicht erkannte Claas eine Kreissäge. Das Sägeblatt war voller Blut, weiße Hirnbröckchen klebten an den Klingen. Claas aber starrte wie hypnotisiert auf einen Vorschlaghammer, der in die Höhe schnellte, um auf eine Holzplatte zu schlagen. In stumpfsinniger Monotonie, wieder und immer wieder. Kein Mensch, sondern eine improvisierte Maschine hatte das pochende Geräusch verursacht. Nur eine simple Maschine! Sein Verfolger hatte ihn die ganze Zeit zum Narren gehalten.

Claas stand auf und hüpfte auf einem Bein durch den Flur. Die Furcht hatte ihn am Boden gehalten, nichts anderes. Keine zehn Meter entfernt befand sich eine Tür. Die Hoffnung war zurück. Seine Verletzung war nicht so schwerwiegend, wie er befürchtet hatte. Er würde seinen Fuß behalten können. Ein zweiwöchiger Krankenhausaufenthalt, eine Operation, gefolgt von einer umfassenden Wund-behandlung. Vielleicht gab es am Krankenbett auch eine Versöhnung mit Anja. Wenn seine Ex-Freundin sah, dass er unter Einsatz seines Lebens die Story recherchiert hatte, würde sie zu ihm zurückkommen. Ganz sicher. Anja musste sich nicht mehr für ihn schämen. Wie es aussah, war die geheime Anlage von GC dazu gedacht, atomaren Giftmüll zu verklappen. Weshalb sonst hätte man die Treppe mit Bleiplatten abdichten sollen? Er war einer der Guten, kein notorischer Lügner, weder als Journalist noch im Privatleben. Anja konnte sich davon überzeugen. Auf Krücken sah sich Claas bei der Preisverleihung. Ein geläuterter Mensch in einem geschundenen Körper. Oh, ja! Geläutert! Er hatte für seine Verfehlungen bezahlt. Seine eigene Geschichte war die Wahrhaftigkeit, die er dem Publikum verkaufte, nicht ein gepimpter Bericht über fremde Menschen. Claas erstarrte von einem Augenblick zum anderen. Sein Traumschloss stürzte in sich zusammen wie ein Kartenhaus. Die Türklinke bewegte sich nach unten, ohne dass er sie berührte. Langsam öffnete sich die Tür mit einem Knarren. In der Dunkelheit bewegte sich etwas. Claas konnte die Gegenwart des Fremden spüren. Das pochende Geräusch lag hinter ihm, aber der Teufel, der stand vor ihm.

23

Zwölf Jahre zuvor.

Singapur, Suntec City.

Büros des Flüchtlingshochkommissariats der Vereinten Nationen (UNHCR), Abteilung Südostasien ...

Der Regen peitschte gegen die Glasfassade des Hochhauses im Geschäftszentrum von Suntec City. Ein monsunartiger Wolkenbruch, wie er für Singapur typisch war. Abkühlung würde der Regen nicht bringen. Liv saß an ihrem Schreibtisch in der 45. Etage und starrte auf die Lüftungsschlitze der Klimaanlage. Die Temperatur in den Büros des UNHCR wurde bei konstant 19 °C gehalten, während draußen schwüle 30 °C vorherrschten. So wie jeden Tag im Jahr. Ohne den verschwenderischen Einsatz von Klimatechnik, das wussten alle Bewohner Singapurs, hätte der geographisch günstig gelegene Stadtstaat niemals eines der wichtigsten Finanzzentren der Welt werden können. Das Leben in Singapur war strengen Regeln unterworfen, das Land blitzsauber wie ein Vergnügungspark. Durch den massiven Einsatz von Insektiziden gab es nahezu keine Mücken. Krankheiten wie Malaria, die in anderen tropischen Ländern an der Tagesordnung standen, waren in Singapur unbekannt. Liv mochte den artifiziell anmutenden Charakter des kleinen Inselstaates, in dem Mensch und Natur gleichermaßen kontrolliert wurden. Sie mochte die Schwüle draußen, der sie jederzeit entkommen konnte, und sie mochte ihren Arbeitsplatz beim UNHCR. Vor allem aber wusste Liv zu schätzen, dass Singapur weit weg war von Berlin. Hier hatte sie endlich ihren Frieden gefunden. Als Halbasiatin war sie ebenso Teil der hofierten westlichen Elite, wie sie von den einflussreichen chinesischen Geschäftsleuten akzeptiert wurde. Für das Flüchtlingshilfswerk leistete sie für die Ärmsten der Armen ihren Beitrag. Liv konnte Menschen helfen, ungeachtet ihrer Hautfarbe, Herkunft oder Religion und unabhängig davon, ob sie Geld hatten oder nicht. Und das gab ihrem Leben einen Sinn.

»Kommst du nachher mit nach Sentosa?« Eine attraktive Mittdreißigerin im Anzugskostüm betrat das Büro ohne anzuklopfen.

»An den Strand?«, erwiderte Liv. »Heute noch?«

»Wir nehmen die Seilbahn«, sagte die Frau.

»Ich weiß nicht, May. Heute Abend ist doch noch das Barbecue auf dem Dach. Du weißt, wie sehr ich den nächtlichen Blick genieße. All die Lichter der Stadt, dieser funkelnde Glanz, die Weite, dazu die Schwüle der Nacht.«

»Du bist vielleicht 'ne Träumerin.« May lachte. »Ich kann dir andere Ausblicke bieten. Phil und John kommen mit zum Beach.«

»Phil? Das Muskelpaket?« Liv zog die Augenbrauen hoch. Sie blickte May spöttisch an.

»So ein Top-Body.« May fuhr sich mit der Zunge lasziv über die Lippen. »Was für 'n Traum-Typ.«

»Und ich soll mich wieder die ganze Zeit mit John unterhalten oder wie?«

May faltete ihre Hände. »Oh, bitte, bitte, kannst du das machen? Du musst einfach mitkommen.«

»Es ist aber ein großes Opfer.« Liv lächelte unschlüssig. »Das weißt du schon.«

»Dann hast du was gut bei mir.«

»Ich weiß ja nicht. Das letzte Mal hat John über zwei Stunden lang darüber geredet, wie man Trinkwasser in Krisengebieten aufbereitet. Und ich meine, er hat es mit sehr, sehr vielen

Details ausgeschmückt. Technischen Details. Das Einzige, was gefehlt hat, war, dass er sich einen Helm aufsetzt und seine Planzeichnungen ausrollt.«

»Komm, John geht doch noch.« May stieß ihre Kollegin neckisch an. »Vergiss nicht, dass ich erst neulich diesen komischen Mann da abgewimmelt hab'. Der war ja wohl so richtig gruselig. Ich krieg jetzt noch 'ne Gänsehaut, wenn ich an den denke.«

»Erinnere mich nicht daran. Er ist im Auftrag meiner Eltern unterwegs.« Liv trommelte mit den Fingernägeln angespannt auf dem Schreibtisch herum. »Immer wieder versuchen meine Eltern, sich in mein Leben einzumischen. Sie verstehen einfach nicht, dass ich auf eigenen Beinen stehen will.«

»Na, sei mal nicht zu hart zu ihnen. Die Menschen in den Slums wären sicher froh, wenn sie in 'ne stinkreiche Familie reingeboren worden wären.«

»Wenn alles im Leben doch nur so einfach wäre wie in Singapur.«

»Die Welt ist nun mal kein Vergnügungspark.«

»Reichtum … all der Besitz, all das, was von einem verlangt wird … all diese Familientraditionen. Ich weiß nicht, das kann auch eine riesige Bürde sein.«

May stellte sich hinter Liv, legte einen Arm auf ihre Schulter und beugte sich zu ihr vor. »Du führst dein eigenes Leben«, flüsterte sie ihr ins Ohr, »aber deine Eltern werden immer eine Hand über dich halten. Vergiss nicht, wer sie sind.«

Liv streichelte über Mays Arm. »Das vergesse ich schon nicht. Aber all die Verpflichtungen …«

»Lass uns nachher zum Beach. Da kommst du auf andere Gedanken.«

Das Telefon klingelte. »Ich weiß nicht so recht …« Liv nahm den Hörer ab.

»Hier ist jemand für Sie«, meldete sich der Rezeptionist.

»Wer ist es?«

»Herr Bernhard Otto Blücher. Möchten Sie ihn empfangen?«

Liv ließ den Hörer sinken. Sie stöhnte auf, während sie das Mikrofon mit der Handfläche bedeckte. »Blücher ist wieder da. Meine Eltern geben einfach keine Ruhe.«

»Was? Dieser gruselige Typ, von dem wir gerade noch gesprochen haben?«

»Ja, genau der.« Liv atmete tief durch. »Was mache ich denn jetzt?«

»Also, Süße«, sagte May, »was hältst du davon: ich wimmele diesen Typen ab und du kommst nachher mit zum Beach.«

In Livs Gesicht huschte ein Lächeln. »Wenn du mir den Blücher vom Hals hältst, mache ich alles für dich.«

»Oh! Danke!« May küsste Liv auf die Wange.

»Ich hoffe, Phils Body ist es wert.«

May kicherte. »Sicher, meine Süße, ganz sicher.«

***

Zwölf Jahre später.
Auf einer geheimen Anlage, irgendwo im Nordatlantik …

»Die Wunde blutet verdammt stark.«

»Kein schöner Anblick. Die Wange ist durch.«

»Haltet die Klappe! Sie kommt zu sich.«

Liv öffnete die Augen.

»Wie geht's dir?« Joy lächelte.

»Was ist passiert?«, fragte Liv benommen.

»Die Pforten der Hölle haben sich geöffnet«, erwiderte Ed mit zynischem Unterton in Anspielung auf den getarnten Lift.

Rick presste zwei Taschentücher auf Livs blutende Wange. »Jemand hat dich angegriffen.«

»Wer zum Teufel war das im Fahrstuhl?« Joy zerriss den linken Ärmel ihrer Bluse und verband Livs Schnittwunde am Unterarm.

»Was ist mit meiner ...?« Liv wollte ihre Wange mit der Hand berühren, doch Rick hielt sie davon ab. »Tut es sehr weh?«, fragte er.

»Nein, überhaupt nicht.« Liv registrierte Ricks besorgten Blick. »Sieht wohl nicht gut aus ...«

Rick lächelte mitleidig. »Du bist sehr tapfer.«

»Wie bin ich ... warum liege ich hier auf dem Boden? Ich erinnere mich überhaupt nicht daran, was passiert ist.«

»Du bist ohnmächtig geworden.«

»Wir müssen unbedingt Verbandszeug finden«, sagte Joy.

Rick zuckte zusammen, als Joy seine Schulter berührte, um ihrem Anliegen Nachdruck zu verleihen.

»Was ist los?«, fragte sie.

»Mein Schlüsselbein. Ich denke, es ist gebrochen.«

»Hast du sonst noch was abgekriegt?«

Rick hob sein T-Shirt hoch. Ein faustgroßer Bluterguss hatte sich unmittelbar über dem Bauchnabel gebildet.

»Liv hat Schnittwunden und bei dir ist es stumpfe Gewalteinwirkung«, wunderte sich Joy. »Wie passt das zusammen?«

»Habt ihr den Angreifer gesehen?«, fragte Ed. »Ich meine, habt ihr irgendwas erkennen können?«

»Es ging alles so schnell.« Liv legte eine Hand auf ihre Stirn, als prüfe sie ihre Körpertemperatur. »Etwas ist aus der Dunkelheit geschnellt ...«

»Etwas?«, hakte Ed nach. »Was soll das heißen?«

»Der Fahrstuhl!«, rief Rick. »Verdammt, der Fahrstuhl kommt wieder hoch!«

»So eine Scheiße aber auch! Wir sind hier wie auf dem Präsentierteller.« Ed wischte sich über den Mund. »Was machen wir denn jetzt?«

»Was schon?« Rick lächelte grimmig. »Jetzt schnappen wir uns diese Ratte!«

»Bist du verrückt geworden? Wir sollten lieber abhauen!«

»Ohne mich! Jetzt geht's zur Sache!« Die Fahrstuhltür öffnete sich und Rick sprang in die Kabine.

»Warum muss immer einer den Helden spielen?« Ed zögerte kurz, dann stürmte er Rick hinterher.

***

»Was ist los?« Joy konnte nicht erkennen, was im Fahrstuhl vor sich ging. Auf Knien kümmerte sie sich um Livs blutende Wange. »Verdammt! Antwortet mir!«

»Da ist 'n großes Tastenfeld«, sagte Rick.

»Tastenfeld?«, wiederholte Joy nervös. »Und der Angreifer? Ich meine, was ist mit dem Angreifer?«

»Hier ist niemand.« Rick blockierte die Fahrstuhltür mit dem Fuß. »Der Turm hat noch dutzende Etagen. Die sind ... ich weiß auch nicht ... das muss alles unter der Wasseroberfläche liegen.«

»Unter der Wasseroberfläche?«, fragte Joy ungläubig. »Wie soll das gehen?«

Rick warf einen Blick auf das Panel in der Kabine. »Ich kann es mir auch nicht erklären, aber das geht noch richtig weit runter. Der Turm, in dem wir sind ... eigentlich kennen wir nichts.«

»Ja, verdammt. Alles, was wir gesehen haben, ist wie die Spitze eines Eisbergs, der aus dem Wasser ragt.« Ed trat aus dem Fahrstuhl heraus und strich sich mit den Händen über den Hinterkopf. »Wir sind in Wahrheit auf einer gigantischen Unterwasseranlage notgelandet.« Er zog den Schlüssel aus der Hosentasche und betrachtete den Anhänger. »107, verdammt! Das ist keine Zimmernummer, wie wir die ganze Zeit gedacht haben, sondern die Anzahl der Etagen. Genau 107 Stockwerke liegen noch unter uns!«

24

In der Falle …

In den Rhythmus der Hammermaschine mischte sich eine Disharmonie. Ein zweiter, schlagender Laut, begleitet von stampfenden Schritten. Claas wusste nur allzu gut, was das bedeutete. Die Bedrohung war real geworden. Auf einem Bein stehend, stützte sich Claas von der Wand ab. Das pochende Geräusch, das Schlagen, die stampfenden Schritte – alles ging ineinander über. Ihm blieben nur noch wenige Sekunden. Verzweifelt sah er sich um. Er bemerkte einen Metallbügel an der Wand, der ihm zuvor nicht aufgefallen war. Der Bügel war an einer Klappe befestigt. Claas zog daran. Eine Öffnung tat sich auf. Mit dem Kopf voran kletterte er auf eine metallische Schaufel, die sich in dem Moment senkte, als sich die Klappe schloss. Wie Abfall, der in einem Müllschlucker entsorgt wurde, stürzte er in die Dunkelheit.

25

Auf dem Weg nach unten ...

Ed lugte aus der Kabine des Fahrstuhls heraus. »Ist das hier das Erdgeschoss?«

»Wir wollen's hoffen.« Rick betrachtete den Raum, in den der Fahrstuhl sie befördert hatte. In Wandregalen standen Geräte mit Schaltern, Knöpfen und grünfarbigen Displays. Strom- und Datenkabel hingen von der Decke herunter, als wäre das Equipment hastig montiert worden. Auf Flachbildschirmen flimmerten die Bilder von Überwachungskameras. Die Landeplattform mit dem zerstörten Hubschrauber war zu sehen, außerdem wurde die Lounge aus mehreren Blickwinkeln observiert.

»Was soll das?« Ed strich sich seine strähnigen Haare zurück.

»Das ist der Kontrollraum«, sagte Rick. »Wie Mike vermutet hat.«

Joy schüttelte ungläubig den Kopf. »Mensch, wir sind die ganze Zeit beobachtet worden.«

»Guckt mal, was wir hier haben.« Rick schaltete ein Funkgerät an. »Kann mich jemand hören?«, fragte er beim Betätigen der Sprechtaste. »Wir sind mit dem Hubschrauber abgestürzt. Ist da jemand?«

Liv setzte sich auf einen Hocker. Blut tropfte von ihrer Wange herunter. Die Schnittwunde war mehrere Zentimeter lang.

»Da ist ein Verbandkasten an der Wand«, sagte Joy.

»Mir geht's schon wieder besser.« Liv lächelte gequält. Ihre bleiche Haut wirkte wie aus Porzellan. »Ich muss mich nur ein bisschen ausruhen.«

Gegenüber dem Fahrstuhl lagen zwei Schotten, eins trug die Aufschrift »EXIT«, auf das andere war »DOWN« gesprüht. »Lasst uns schnell hier raus!« Ed deutete auf das EXIT-Schott. »Diese scheiß Anlage wird mir immer unheimlicher.«

Aus den Lautsprechern des Funkgeräts drang statisches Rauschen. »Ob uns jemand hört?« Rick lauschte angespannt. »Ich versuch's nochmal.« Er betätigte die Sprechtaste. »SOS! Wir brauchen Hilfe! Wir sind über dem Atlantik abgestürzt, mehr als 100 Kilometer vor der Küste Schottlands. Genaue Position unbekannt. Wir sind auf 'ner Anlage gestrandet, die so aussieht wie 'ne Bohrinsel. SOS! Kann mich jemand hören? Wir sind abgestürzt!«

Ed trat an das EXIT-Schott heran. »Wir müssen sofort hier raus!«

»Jetzt wart halt noch 'ne Minute«, sagte Rick. »Vielleicht antwortet jemand.«

»Neig den Kopf mal bitte zur Seite.« Joy legte mehrere Kompressen auf Livs Wange und zog ihr eine Netzbandage über das Kinn. »Sieht zwar nicht hübsch aus, sollte aber seinen Zweck erfüllen.«

»Danke.«

»Und jetzt kommt noch die Wunde am Arm dran.«

»SOS! Wir brauchen Hilfe! Ist da jemand?« Rick ließ die Sprechtaste los.

»Ich muss wissen, ob es da rausgeht!« Ed stieß das EXIT-Schott auf. Im selben Augenblick ertönte eine Sirene. Eine Reihe von Schlägen erschütterte den Turm. Es klang so, als würden in dichter Abfolge Sprengladungen gezündet werden. Ed rannte aus dem Kontrollraum heraus.

Joy zog Liv vom Hocker hoch. »Etwas Schreckliches ist gerade passiert!«

***

Das Außenschott stand weit offen. Ed konnte das Meer sehen. Ein orangefarbenes Rettungsboot war auf einer Rampe in Position gebracht. Es sah aus wie ein Freifallboot, das man auf Öltankern finden konnte. »Hier lang!« Ohne sich nach den anderen umzusehen, lief Ed zum Ausgang. Der Boden begann zu vibrieren. Die Gerüste, die der Anlage den Charakter einer Bohrinsel verleihen sollten, brachen in sich zusammen. Noch war ein schmaler Korridor zum Rettungsboot frei. »Was zum Teufel ...?« Ed blickte irritiert nach unten. Seine Schuhe waren nass. Weitere Explosionen erschütterten den Turm. Ed verlor das Gleichgewicht und fiel hin. Eine Welle kalten Meerwassers schlug ihm entgegen. Ed klammerte sich ans Außenschott. Die nächste Welle war noch stärker als die erste. Das Wasser drang mit aller Vehemenz in den Turm ein. Ed wurde von der Strömung mitgerissen. Er trieb zum Kontrollraum zurück, drehte sich in einem Wasserstrudel um die eigene Achse und schlug mit dem Hinterkopf gegen das EXIT-Schott.

***

Das statische Rauschen der Lautsprecher verstummte augenblicklich, als es zu einem Kurzschluss kam. Über einen Meter hoch stand das Wasser im Kontrollraum. Liv und Joy hatten hinter dem DOWN-Schott Schutz gesucht. Genauso wie das einströmende Wasser das Schließen des EXIT-Schotts verhinderte, machte es ein Öffnen des DOWN-Schotts unmöglich. »Der Wasserdruck ist zu stark!«, schrie Rick.

»Lass es uns gleichzeitig versuchen«, hörte er Joy von der anderen Seite des Schotts antworten. Ihre Stimme war gedämpft. »Du ziehst, ich drücke! Auf drei!«

»Keine Chance!« Rick schob den Hebel des Schotts auf die Position »Closed«, um es zu verriegeln.

»Was machst du denn?«, rief Joy.

»Geht weiter!«

»Und du?«

»Ich such 'nen anderen Weg!« Rick blickte zum Fahrstuhl hinüber. »Scheiße ... das hätte nicht ...« Er hörte, wie etwas gegen das EXIT-Schott schlug. Als er sich umblickte, sah er Ed bewusstlos im Wasser treiben. Rick packte ihn und hielt seinen Kopf über Wasser.

»Was ist das ... hier ...?« Ed kam zu sich.

»Stell dich hin!«

»Was?«, fragte Ed benommen.

Rick zog Ed in den Fahrstuhl. »Hinstellen! Verdammt!«

Ed fasste sich an die Platzwunde am Hinterkopf. Das Wasser stand ihm bis zum Hals, und noch immer war er orientierungslos. »Was ist passiert?«

»Hilf mir! Los!«

»Was?«

»Wir müssen über die Luke abhauen! Schnell!«

Ed faltete die Hände zur Räuberleiter. Rick wuchtete sich nach oben, löste die Verriegelung der Deckenluke und kletterte auf das Dach der Fahrstuhlkabine. »Jetzt du!« Rick zog Ed zu sich hinauf.

»Ich war ... fast draußen«, keuchte Ed. »Ich hätt's fast geschafft.«

»Mann, das war knapp«, sagte Rick. Das Meerwasser drang durch die Deckenluke, floss über das Kabinendach und ergoss sich im Fahrstuhlschacht.

Ed stieg die Sprossen der Wartungsleiter hoch. Die Vorstellung, dass der Schacht mehrere hundert Meter in die Tiefe führte, ließ seine Knie weich werden. »Verdammt, fast wär' ich draußen gewesen«, verhallte seine Stimme im Schacht.

»Da oben geht's nicht raus! Die Eisengitter, hast du die vergessen?« Rick kletterte die Leiter hinab. »Wir müssen runter.«

»Bist du bescheuert?«, schrie Ed. »Diese scheiß Anlage sinkt!«

»Da unten brennt Licht. Irgendwo muss 'ne Fahrstuhltür offen stehen.«

»Da unten? Bist du jetzt total durchgeknallt? Wir werden elendig ersaufen!«

Das Wasser lief sturzbachartig an den Wänden des Fahrstuhlschachts herunter. »Wir müssen hier lang!«, rief Rick und stieg die Leiter hinab.

»Du Idiot!« Ed kletterte beharrlich in die entgegengesetzte Richtung. »Wir müssen rauf! Dieser Turm, all das hier ...« Ed stockte, als er die nächsthöher gelegene Etage erreicht hatte. Durch die Ritzen der geschlossenen Fahrstuhltür spritzte das Wasser.

»Komm runter!«, rief Rick. »Hier geht's raus!«

Wie paralysiert klammerte sich Ed an die Leiter. Nur noch wenige Augenblicke blieben und die Fahrstuhltür würde dem Wasserdruck nachgeben. »W-wir ... g-gehen unter«, begann Ed zu stottern. »Oh, m-mein Gott! W-wir versinken i-im Atlantik!«

26

In der Falle …

Claas kam inmitten von ausgemusterten Matratzen, zerfetzten Sitzpolstern und aufgeplatzten Müllsäcken zu sich. Es roch nach Verwesung. Sekundenlang war er über eine Rutsche in die Tiefe geglitten, bevor er beim Aufprall in den Müllberg das Bewusstsein verlor. Wo befand er sich? Claas fühlte sich in einem nicht enden wollenden Alptraum gefangen. Er blickte auf eine Reihe Spinde, mehrere Massagetische und Sitzbänke. War er in einer Umkleidekabine gelandet? Wie konnte das sein? Die Räume der Anlage schienen willkürlich miteinander verbunden zu sein. Nichts ergab einen Sinn. Wer hatte ihren Bau nur befohlen? Und aus welchem Grund? Ein Geräusch ließ ihn aufschrecken. Er riss seinen Kopf herum. Wasser tropfte auf den Boden, hallend im Nachklang. Hinter den Spinden musste sich eine Dusche befinden. Claas setzte sich auf eine Sitzbank und atmete durch. Seine Beine, die Arme, der Rücken, alles schmerzte. Sein verletzter Fuß war blau angelaufen und stark angeschwollen. Zumindest blutete die Schnittwunde nicht mehr. Etwas lag unter der Sitzbank. Es war ein Gehstock. Den Knauf schmückte ein vergoldeter Adler. Ein eiskalter Schauer lief ihm über den Rücken. Am unteren Ende des Stocks waren vier Reihen Rasierklingen in das Holz eingearbeitet. Die Klingen waren über und über mit Blut beschmiert, Haare und Hautfetzen klebten daran. Der Stock war in Wahrheit keine Gehhilfe, sondern eine mörderische Waffe. Claas war sich sicher, dass die pochenden Laute, die ihn in den Abfallschacht der Schlachtküche getrieben hatten, von diesem Stock stammten. Er vernahm ein raschelndes

Geräusch, als wurde etwas zerknüllt. Jemand war in der Dusche. Er hörte zwei stampfende Schritte – das pochende Geräusch aber blieb aus. Claas kannte den Grund. Der Stock unter der Sitzbank gehörte der Person, die ihn unbarmherzig wie eine Nemesis verfolgte. Claas musste sich irgendwo verstecken. Das Vorhängeschloss eines Spinds war nicht eingerastet. Behutsam öffnete er die Tür. Die rostigen Scharniere knarrten trotzdem. Der Spind war leer, und er quetschte sich hinein. Wieder hörte er die stampfenden Schritte. Claas schloss die Tür und lugte durch die Schlitze des Spinds. Niemand war zu sehen, keine Bewegung auszumachen. Die stampfenden Schritte kamen näher. Claas hielt den Atem an. Ein Schatten fiel auf den Boden. Es war ein Ebenbild der in die Wand gekratzten Silhouette, die er über dem Abfallbecken gesehen hatte: mit langem Mantel und breitkrempigem Hut. Der Schatten wanderte weiter und Claas erkannte zum ersten Mal dessen Herrn. Sein Gesicht war in Dunkelheit gehüllt. Die riesenhafte Gestalt trug klobige Schuhe. Orthopädische Schuhe, wie sie bei verkrüppelten Füßen notwendig waren. Der Mann hob den Stock auf und schlug die Spitze mit voller Wucht auf den Boden. Das Geräusch ließ Claas erschaudern. Vier stampfende Schritte, zwei pochende Laute, und der Mann stand vor dem Spind. Ein schleppender Gang wie der eines Greises und dennoch krafttrotzend in der Ausstrahlung. Als schaltete jemand einen Scheinwerfer an, wandelte sich die Schwärze in seinem Gesicht in grellen Schein. Claas kniff die Augen zusammen. In das Leuchten mischten sich schwarze Flecken. In perfekter Symmetrie angeordnet, wie bei einem Rorschachtest. Die Flecken veränderten sich: tauchten auf, bildeten diffuse Muster und verschwanden wieder. Dann wechselte das Bild. Schritt für Schritt verdrängten die Flecken die Helligkeit aus einem Gesicht, das keines war. In dem Augenblick, als der letzte Lichtpunkt erlosch, riss der Mann ohne Gesicht die Tür des Spinds auf.

27

35 Jahre zuvor.
Deutschland, Königssee ...

Ed zog sich die Schwimmweste aus, die ihm das Leben gerettet hatte, und warf sie in den Kies. Klatschnass stand er am Ufer des Königssees. Um ihn herum war es ruhig geworden. Die Schreie der Kinder waren verstummt. Ed blickte auf die Leiche, die an Land gespült worden war. Frau Heldmeier starrte ihn mit offenen Augen an. Vergeblich hatte Ed versucht, seine Klassenlehrerin durch Mund-zu-Mund-Beatmung wiederzubeleben. Kalt wie das Wasser des Königssees war ihre Haut, die Lippen blau angelaufen. Frau Heldmeier hatte Ed das Leben gerettet, als sie ihm die Schwimmweste anlegte. Ed hatte es geschafft, und sie war tot. Ein Stöhnen lenkte Ed ab. Gut zehn Meter entfernt lag ein Junge auf dem Bauch, den Kopf zur Seite geneigt. Die Beine trieben im Wasser, der Oberkörper drückte sich in den Kies. In zerbrechlicher Regelmäßigkeit hob das Wasser den Jungen an, schob ihn ans Ufer und zog ihn wieder ein Stück weit zurück in den See. Jedesmal hustete der Junge instinktiv das Wasser aus, das er verschluckte. Er hatte keine Kraft mehr sich zu bewegen, geschweige denn aufzustehen. Mit letzter Energie schien er sich an Land gerettet zu haben. Armin war allein. Seine Kumpels waren mit dem Ausflugsdampfer untergegangen oder hatten sich woanders ans Ufer gerettet. Abgelegen war die Stelle am Königssee, schwer zugänglich. Es würde eine Ewigkeit dauern, ehe die Rettungskräfte eintrafen. Niemand war hier, um Armin zu helfen. Niemand außer ihm. Ed ging zu seinem Peiniger hinüber. Er fürchtete sich noch immer vor ihm. Vielleicht täuschte Armin seine Hilflosigkeit nur vor. Ed stand eine ganze Weile in gebührendem Abstand da und beobachtete, was passierte. Eine Welle spülte Wasser über den Kies. Wieder hustete Armin das Wasser aus, das er verschluckte. War er bewusstlos? Ed wurde mutiger und setzte einen Fuß direkt neben Armins Kopf. Sofort zog er aus Angst den Fuß wieder zurück. Die Erinnerungen an die letzten Jahre hatten ihre Spuren hinterlassen. Immer schon war Ed in der Schule gemobbt worden, doch Armin war der Schlimmste von allen gewesen. Armin hatte keine Lippenspalte. Ebenmäßig waren dessen Gesichtszüge, athletisch die Statur. Armin hatte alles und trotzdem war es ihm nicht genug gewesen. Er wollte Ed das Wenige nehmen, das ihm blieb. Warum nur? Eine sanfte Welle spülte das Wasser über den Kies. Armin hustete erneut. Wie lange würde sich dessen Körper noch gegen das Ertrinken sträuben? Wie viel Energie ein Alpha-Tier wie Armin wohl mobilisieren konnte? Vielleicht war es an der Zeit, das herauszufinden. Ed stand am Ufer des Königssees und wartete auf die nächste, kaum merkliche Welle, die der Gletschersee hervorbringen würde. Ed, dieser schmächtige Junge, der im Sport niemals in eine Gruppe gewählt, sondern immer vom Lehrer zugeteilt wurde, hatte alle Zeit der Welt.

***

35 Jahre später. Auf einer geheimen Anlage im Nordatlantik.

»Du bist nicht wie Armin.« Ed strich sich mit Zeigefinger und Daumen über den Oberlippenbart, der seine operierte Lippenspalte verdeckte. Das Wasser tropfte von seiner

Kleidung. Wie damals vor 35 Jahren, als er sich nach dem Bootsuntergang an Land gerettet hatte.

»Was?«

»Du hast gewartet.«

Rick lächelte. »Klar, wir sind doch Kumpels. Aber wer ist Armin?«

»Ach, n-nicht mehr als ein böser Geist.«

»Alles klar bei dir?«

»Leute wie Armin dürfen auf dieser Welt keine Macht haben.«

»Ich hab' keine Ahnung, wovon du redest.«

»Ich ... es ...«

»Lass uns weiter, bevor das Wasser kommt.«

»... es waren die letzten Worte von Frau Heldmeier. Ihr V-v-ermächtnis an mich.«

»Wir müssen zum Schott da vorne!«

»Was?«

»Zum Schott, los!«

»Nein, wir müssen umkehren. Zurück zum Fahrstuhl-schacht!«

»Auf keinen Fall! Hier geht's lang!«

»Das ist doch aberwitzig! Kannst du mir sagen, wer sein Heil in 'nem sinkenden Schiff in den unteren Decks sucht?«

»Was sollen wir machen? Es ist der einzige Weg.«

»Wir werden hier unten sterben.«

»Alles hier ... es gibt bestimmt noch 'ne Möglichkeit.«

»Und welche sollte das sein?«

»Die müssen irgendwo Taucheranzüge haben und so 'n Zeug.«

»Taucheranzüge?«

»Die Anlage hat so einige Überraschungen auf Lager. Das siehst du doch.« Rick stieß das Schott auf.

»Das kannst du wohl laut sagen.« Ed schüttelte den Kopf im Anblick dessen, was er sah. Eine riesige Halle erstreckte sich vor ihnen. In der Mitte der Halle stand eine gut dreißig Meter hohe, silbern glänzende Pyramide, die von einem Wassergraben umgeben war. Gekrönt wurde die Pyramide von einer Statue.

»Was ist das?«, fragte Rick.

»'N U-Boot?«

»In Form einer Pyramide?«

»Warum denn nicht?«

»Sieh dir die Statue an. Das ist ja wohl eher 'ne Unterwasserstation.«

»Guck mal.« Rick deutete auf eine Brücke, die zur Pyramide führte.

Eine Sirene ließ Ed zusammenzucken. »Verdammt, das bedeutet nichts Gutes!« Die Sirene heulte ein zweites Mal auf. Im selben Moment begann der Boden zu vibrieren. Das Wasser, das die Pyramide umspülte, wurde aufgewühlt. Der Wasserspiegel stieg an.

»Die Halle wird geflutet!«

»Was machen wir denn jetzt?«, fragte Ed.

»Über die Brücke und dann nichts wie rein in die Pyramide«, sagte Rick ohne Zögern.

»Bist die verrückt?«

»Das Wasser hat die Brücke gleich erreicht. Was bleibt uns übrig?«

»Das gefällt mir überhaupt nicht.«

»Meinst du, ich bin begeistert?«

»Irgendwer spielt hier doch mit uns«, sagte Ed aufgebracht. »Merkst du das nicht?«

»Über die Brücke! Los! Zum Diskutieren bleibt keine Zeit!«

28

In der Falle …

Diese schwarzen Flecken. Wenn nur diese Flecken nicht wären. In letzter Sekunde war Claas aus dem Spind geflohen, nur um dann wie eine Fliege in eine Falle zu tappen. Seine Füße steckten in einer klebrigen Substanz fest, die auf dem Boden verteilt war. In hypnotischer Langsamkeit näherte sich der Mann ohne Gesicht. Die stampfenden Schritte der schweren Schuhe dröhnten in Claas' Ohren. Wie in einem Alptraum, aus dem es kein Erwachen gab. Der Mann ließ seinen Stock über die Spinde wandern. Die in das Holz eingearbeiteten Rasierklingen kratzten auf dem Blech. Schwarze Flecken wanderten über ein Antlitz, das keines war. Um jeden Preis musste sich Claas aus der klebrigen Masse befreien. Ein Schuh und ein Strumpf blieben zurück. Claas hinterließ blutige Fußabdrücke, doch es interessierte ihn nicht. Etwas durchschnitt die Luft dicht neben seinem Ohr. Claas vernahm ein pfeifendes Geräusch, als verfehlte ihn der Stock nur um Haaresbreite. Der Boden war nicht mehr mit Kleber imprägniert. Claas taumelte und fiel hin, berappelte sich und kroch auf allen vieren weiter. Diese schwarzen Flecken. Wenn nur diese Flecken nicht wären, die sich in seine Gedanken einbrannten.

29

Auf dem Weg nach unten ...

»Weißt du, die leere Wiege vorhin.« Liv sah die metallische Wendeltreppe hinab, die vor ihr lag. »Das hat mich mitgenommen.« Sie atmete tief durch. »Ich war wie paralysiert, als der Fahrstuhl aufgegangen ist.«

»Mach dir keine Vorwürfe«, erwiderte Joy. »Das ging alles viel zu schnell.«

Liv drückte sich die blutgetränkte Kompresse an die Wange. »Ich bin aber schuld daran, dass wir getrennt wurden. Hättest du mich nicht verarztet, wären wir alle zusammengeblieben.«

Joy legte ihre Hand behutsam auf Livs Schulter. »Jetzt hör' mal, Ed hat sich bescheuert verhalten, nicht du.«

»Ob er den Ausgang gefunden hat?«

»Wer? Ed? Ich mach mir eher Gedanken um Rick. Ich weiß nicht, ob er ... wie er es noch schaffen konnte.«

»Rick ist toll.«

Joy lächelte. »Rick ist klasse. So Typen müsste es häufiger geben.«

»Hoffentlich treffen wir ihn noch mal, bevor wir sterben.«

Joy schüttete den Kopf. »Was redest du denn da?«

»Es ist schöner, zusammen zu sein, wenn es soweit ist.«

»So schnell geb' ich nicht auf.«

»Fürchtest du dich vor dem Tod?«

»Ich werde jedenfalls nicht abtreten, ohne zu kämpfen.«

»Am Ende müssen wir alle sterben, egal wer wir im Leben waren. Und was wir getan haben.«

»Die leere Wiege vorhin ...«

»Ich habe gedacht, dass ich mich damit abgefunden habe, aber es ist nicht so.«

»Du kannst keine Kinder kriegen, oder?«

»Ovarialinsuffizienz«, erwiderte Liv. »Ich entwickle keine befruchtungsfähigen Eizellen.«

»Ist das heutzutage noch ein Problem?«, fragte Joy. »Ich meine, die moderne Medizin ... In-Vitro-Fertilisation ... es muss doch Möglichkeiten geben ...«

»Bei anderen Frauen vielleicht. Bei mir hat alles nichts gebracht. Weißt du, wo ich überall war? Ich habe die weltweit führenden Experten aufgesucht. Die Elite der Mediziner. Ich habe alles ausprobiert. Zum Schluss war ich sogar bei Heilern und Schamanen. Es soll einfach nicht sein.«

»Das tut mir leid.«

»Du kannst ja nichts dafür.«

»Hast du mal an Adoption gedacht?«

»Das ist doch nicht das gleiche.« Liv blickte Joy in die Augen. »Hast du Kinder?«

»Nein.«

»Bist du auch ...?«

»Das nicht, aber ... meine Forschung ... weißt du ... ich hab' einfach keine Zeit ...«

»Heute gibt es doch Förderung für junge Mütter.«

Joy lachte auf. »Es ist so wie früher. Wenn eine Frau Kinder bekommt, ist sie raus. Zumindest raus aus der Spitzenforschung.«

»Das ist traurig.«

Liv setzte einen Fuß auf die erste Stufe der Wendeltreppe. »Lass uns runter gehen«, sprach sie in sich gekehrt vor sich hin. »Wir müssen Ed und Rick finden.«

»OK.«

»Hast du eigentlich je daran gedacht, Kinder zu haben?«

Joy folgte Liv die Stufen der Wendeltreppe hinab. »Guck dir unsere Lage an. Glaubst du, es wäre besser, wir hätten jetzt

Kinder dabei?« In ihrer Stimme lag ein sarkastischer Unterton.

»Vielleicht wären wir gar nicht hier, wenn wir Kinder hätten.«

»Ich hab's mir ausgesucht. Zweimal hab' ich diese Entscheidung getroffen. Und es nicht bereut. Wenn alles gut geht ... ich meine, sollten wir hier irgendwie rauskommen ... werde ich in vier Jahren habilitieren. Dann bin ich 30.«

»So jung?«

»Mein Boss, der ist erst mit 35 Professor geworden. Und dieser Schnösel hält sich für den Allergrößten.«

»Zweimal hast du diese Entscheidung getroffen, meinst du. Du redest von Abtreibungen?«

»Ich bin nicht stolz drauf, wenn du das denkst. Es war ein notwendiges Übel. Ich musste Prioritäten setzen.«

»Kind und Karriere. Das lässt sich vereinbaren. Ich sehe mir die Lebensläufe doch an. Es ist möglich.«

»Welche Lebensläufe?«

»Habe ich das nicht gesagt?«

»Was gesagt?«

»Ich arbeite bei GC im Bereich Human Resources«, sagte Liv. »Ich wähle die Kandidaten für Auswahlgespräche aus. Und ich spreche hier vom gehobenen Management. Glaub' mir, Kind und Beruf sind vereinbar. Es gibt viele Frauen, die Kinder haben und eine brillante Karriere hinlegen.«

»Brillant reicht mir aber nicht.« Wie ein trotziges Kind setzte Joy ihren Fuß mit voller Wucht auf die nächste Metallstufe der Wendeltreppe. Es schepperte. »Ich will den Nobelpreis. Ich will, dass man sich an mich erinnert.«

»Ohne Rücksicht auf Verluste? Willst du etwa ein weiblicher General Custer werden?«

»Was?«

»Nach dem Motto: Der Erste ist der Erste und der Zweite ist ein Niemand?«

»Hat Custer das gesagt?«

»Weißt du, was aus ihm wurde?«

»Er ist längst tot, denk' ich mal.«

»Custer wurde von Indianern skalpiert.«

»Ja und? James Cook wurde von Eingeborenen verspeist. Trotzdem sprechen wir über diese beiden Männer und nicht über all die Frauen, die millionenfach laut schreiend neues Leben rausgepresst haben.« Joys Augen begannen zu leuchten. »Man erinnert sich an diese tollkühnen Soldaten und Entdecker. Das ist das, was zählt. Irgendwann erwischt es dich sowieso. Wir Frauen können den Männern den Ruhm nicht einfach so überlassen. Warum sollten wir nicht auch mit einem Knalleffekt abtreten?«

»Du bist jung. Ich bin bald 40. Die Perspektiven ändern sich. Damals in Singapur, da war ich noch so ... unbekümmert. Eine echte Träumerin.« Liv rieb sich über die Stirn, als quälten sie die Erinnerungen an bessere Tage. »Nun gut, alles ist irgendwann vorbei.«

»Gerade du müsstest doch von meiner Einstellung begeistert sein.« Joy lachte zynisch auf. »Eine gewissenlose Karrierefrau, die über Leichen geht, um ihre Ziele zu erreichen. Futter für die Rekrutierung.«

»Du bist nicht gewissenlos.«

Joy hielt inne. »Das sollte ich aber sein.«

»Ich würde alles dafür geben, ein Kind zu haben.«

»Die Stilldemenz, das Windelwechsel, was soll daran erstrebenswert sein? Wir sind acht Milliarden auf diesem Planeten. Einer mehr oder weniger ...«

»Du bist Biologin«, sagte Liv. »Was ist mit dem Weitergeben der eigenen Gene? Ist das nicht ein Grundprinzip eines jeden Lebewesens?«

»Wir teilen 99 % unseres Erbgutes mit Schimpansen. Und damit meine ich jetzt nicht Ed.«

»Sag so was nicht.«

»Was glaubst du, wie hoch unsere Übereinstimmung ist?«

»Zwischen uns beiden?«

»Du hast zwar asiatische Gene in dir, ich bin der nordisch-skandinavische Typ, aber ich kann dir versichern, die paar Basenpaare Unterschied zwischen uns machen den Kohl nicht fett. In ein paar Tausend Jahren kann niemand mehr sagen, wer wessen Nachfahre ist.«

»Die Blutlinie. Es geht aber um die Blutlinie.«

Joy stockte. Sie beugte sich über das Geländer der Wendeltreppe und sah nach unten. »Wo sind wir hier eigentlich?«

»Im Inneren einer Statue, würde ich sagen«, erwiderte Liv.

»Statue?«

»Guck dir die Form der Kupferplatten an. Über uns ist der Kopf, wir sind gerade auf Höhe der Schulter.«

»Du hast recht. Es ist wie ... so wie ein hohler Weihnachtsmann aus Schokolade, den man von innen betrachtet.«

»Das hier scheint aber eher ein Krieger zu sein. Siehst du das Schwert, das er dicht am Körper hält?«

»Dann müssen diese wellenförmigen Strukturen die Bauchmuskeln sein.«

»Das Gesicht ist nur angedeutet.«

Liv schritt die Wendeltreppe hinab. »Welchem Zweck dient wohl die Statue?«

»Pst. Sei still.«

»Was?«

Joy blieb stehen. »Hast du das Geräusch gehört?«, flüsterte sie.

»Geräusch?«

»Wir sind nicht allein.«

30

In der silbernen Pyramide ...

»Du isst das jetzt wirklich?« Rick runzelte angewidert die Stirn.

»Warum denn nicht?« Ed schmatzte beim Sprechen.

»Das Fingerfood könnte vergiftet sein.«

»Ach, so 'n Quatsch.« Ed zog mit den Zähnen das nächste Mini-Steak vom Holzspieß. »Das ist total lecker.«

»Wie kann man jetzt Hunger haben?«

»Wenn's doch schmeckt.« Ed ließ seine Blicke über den Ballsaal wandern: die eingedeckten Tische, die Instrumente der Bigband, die Kronleuchter. Ihm kam es so vor, als wäre hier gerade eben noch gefeiert worden. »Siehst du die verzierten Deckenverkleidungen?«, murmelte er mit vollem Mund. »Feinstes Art déco.«

»Art déco?«, fragte Rick.

»Filigrane Monstrosität. Eine Stilrichtung, die Anfang des letzten Jahrhunderts entstand. Ein Versuch, das verspielt Ornamentale vorindustrieller Zeiten mit dem Technisch-brachialen der Moderne zu verbinden.«

»Der Stil ist nun wirklich total egal. Die Frage ist doch, wer so 'nen teuren Ballsaal in 'ner Pyramide im Atlantik errichtet. Das ist doch ... wie nennt man das? Ja, surreal.«

»Irgendwie erinnert mich der Saal an ... ich weiß auch nicht ... mir kommt diese Nacht damals in Berlin in den Sinn. Vier Jahre ist das jetzt her. Ich hatte an dem Abend gerade 'ne fette Gehaltserhöhung bekommen. Zum ersten Mal hab' ich mich anerkannt gefühlt.« Ed blickte Rick mit breitem Grinsen an. »Weißt du, was ich jetzt als Programmierer verdiene?«

»Keine Ahnung.«

»350.000 im Jahr.«

»Wow.« Rick pfiff anerkennend. »Als Barista kriegt man weniger.«

»Das Geld konnte ich nach meiner zweiten Scheidung gut gebrauchen.« Ed lächelte selbstgefällig. »Bist du verheiratet?«

»Nein.«

»Wenn du jemals heiraten solltest, mach 'nen Ehevertrag, kann ich dir nur raten.«

»Doch nicht bei der richtigen Frau.«

»Warst du schon mal in Ballsälen der High Society? Vielleicht als Barista?«

»Also gearbeitet hab' ich in so Sälen nicht.« Rick lächelte verschmitzt. »Verausgabt allerdings hab' ich mich in den Hinterzimmern schon.«

Ed pulte sich ein Stück Steak aus den Zähnen und schnippte es missmutig auf den Tisch.

»Nicht gut?«

»Sehnen drin«, brummte Ed.

»Tut mir leid.«

»Was tut dir leid?«, fragte Ed zornig. »Dass ich so scheiße aussehe? Oder dass ich total viel Geld verdiene und du, der vielleicht 25.000 im Jahr macht, alle Frauen abkriegt?«

Rick blickte verlegen auf den Boden. »Mit Trinkgeld ist es schon mehr.«

»Ach, du weißt doch gar nicht, wie es ist, wenn man in der Schule … wenn man ein Leben lang gemobbt wird.«

»Ich meinte doch nur, dass es mir leid tut, dass in dem Steak Sehnen drin sind. Ich weiß nicht, was du da rein-interpretierst.«

»Ich … ich will …« Ed schluckte. »Ich will dein Mitleid nicht.«

»Du magst Menschen wohl nicht besonders.«

»Sie haben mir nicht viel Zuneigung entgegengebracht.«

»Wie du in den Wald rufst, so schallt es heraus. Hast du schon mal daran gedacht?«

»Bei meinem Stottern hab' ich nicht viel rufen können.«

Rick atmete tief durch. »Ich geh jetzt zu dem Fahrstuhl da hinten. Du willst allein sein, OK. Wenn ich was finde, Taucheranzüge oder so, dann versuche ich … dann komm ich zurück.«

»Fahrstuhl«, sagte Ed genervt. »Als ob wir in dieser fuckin' Anlage nicht schon in genug Fahrstühlen gewesen wären. Ein verfickter Fahrstuhl nach dem …« Ed stockte. »Ach du Scheiße …« Er schlug seine Handfläche auf die Stirn, dass es klatschte. »Dass ich darauf nicht schon früher gekommen bin. Das ist es!«

»Was?«

»Es passt alles zusammen!«

»Wovon redest du?«

»Oh mein Gott! Wir hätten die Pyramide niemals betreten dürfen!«

31

Unter der Statue …

»Sei leise.« Joy betrachtete die Deckengemälde, auf denen biblische Szenen abgebildet waren. Die Bibliothek, in die sie die Wendeltreppe geführt hatte, war im barocken Stil eingerichtet. Tausende Bücher mit goldumrandeten Buchrücken standen in den Wandregalen, die oberen Fächer waren nur über Leitern zu erreichen. In Vitrinen wurden die kostbarsten Exponate unter Glas aufbewahrt.

»Hörst du was?«, flüsterte Liv.

»Da hinten«, sagte Joy. In einer Ecke der Bibliothek flackerte Licht. Ein Projektor warf einen Film an die Wand. Es war ein alter Schwarzweißfilm in schlechter Qualität. Darin war ein Mann zu sehen, der an einem Schreibtisch saß. Liv und Joy traten näher. Der Kopf des Mannes war verpixelt, die Gesichtszüge nicht zu erkennen. »Meine kleine *Lucina*«, sagte der Mann, »das ist deine Welt.« Ein Mädchen stand vor einem großen Globus und lachte. Den Rücken zur Kamera gewandt, versuchte das Mädchen, den Globus in seinem hölzernen Standfuß zu drehen. »Meine Welt?«

»Es ist eine große Verantwortung«, erwiderte der Mann.

»Papa, ich bin doch noch so klein.«

»Du bist meine Tochter, Lucina. Mein kleiner Lichtschein. Irgendwann wird dir all das gehören.«

»Verantwortung …« Das Mädchen seufzte. Als es sich zur Kamera umdrehte, endete der Film abrupt.

»Was der Mann wohl gemeint hat?«, fragte Liv. »Das gehört irgendwann alles dir?«

»Vielleicht ein Spiel der beiden.«

»Er muss sie sehr geliebt haben.«

»Was hat das zu bedeuten? Das ergibt doch alles keinen Sinn.«

»Ich weiß es doch auch nicht.« Liv presste die Kompressen auf die Wange. Ihre Wunde schmerzte. Mit der Zunge fuhr sie den Schnitt entlang, der die Wange durchtrennt hatte. Dann schluckte sie das Blut herunter, das sich im Mundraum sammelte.

Joy blickte entsetzt auf. »Der Projektor, wer hat den eigentlich angeschaltet?« Schlagartig wurde es dunkel in der Bibliothek. Stampfende Schritte waren zu vernehmen, vermischt mit pochenden Lauten.

»Oh Gott, da kommt jemand«, flüsterte Liv.

32

Im Ballsaal …

»Wir müssen sofort raus!«, rief Ed.

Rick drückte die Ruftaste des Fahrstuhls. »Reiß dich zusammen, verdammt!«

»Etwas Schreckliches geht hier vor sich.« Wie manisch kratzte Ed mit den Fingernägeln auf seiner Kopfhaut herum. Schuppen rieselten zu Boden. »GC macht uns fertig!«

»Jetzt spiel hier nicht verrückt! Was hat GC mit dieser Anlage zu tun? Das war 'n Hubschrauberabsturz.«

»Das war doch alles fingiert!«

Die Fahrstuhltür öffnete sich, und Rick betrat die Kabine. »Kommst du?« Er stellte den Fuß in die Tür.

»107 Tasten für 107 Stockwerke! Dazu die silberne Pyramide, gekrönt von der Statue, alles im Art-déco-Stil. Weißt du noch immer nicht, wo wir hier sind?«

»Zum Teufel, nein! Wo denn?«

»Im Lovenberg-Tower am Alexanderplatz!«

»Was soll das?« Rick lachte auf. »Wir sind mitten im Atlantik!«

»Für wie bescheuert hältst du mich? Das ist natürlich nicht das Original, sondern 'ne Kopie der GC-Firmenzentrale in Berlin.«

»Aber … was … wozu der ganze Aufwand?«

»Keine Ahnung! Ich weiß nur, dass uns GC hierher gelockt hat.«

Rick schüttelte den Kopf. »So 'n Unsinn. Was hätte GC davon?«

»Sieh dich um! Wir sind nicht die Gewinner der Lotterie!« Ed wischte sich den Mund ab. »Hier gibt es nur den Tod. Und wir ... wir wurden auserwählt zu sterben!«

»Du musst deine Nerven unter Kontrolle kriegen. Lass uns jetzt den Fahrstuhl nehmen.«

»Nein!« Ed trat einen Schritt zurück. »Es geht ja doch wieder runter!«

Rick betrachtete das Tastenfeld. »Sieht ganz so aus.«

»Es muss einen Weg aus diesem Alptraum geben.«

»Dann sag mir welchen?«

»Hinter den Palmen ... da ist doch ...« Ed folgte einem roten Teppichläufer. »Hier ist 'ne Rolltreppe!«, rief er. »Die führt nach oben!«

»Nach oben? Denk nach! Das muss 'ne Sackgasse sein!«

»Ich nehm' jetzt die Rolltreppe!« Ed rannte die Stufen hoch.

»Komm zurück!«, schrie Rick. »Wir müssen runter!«

Mitten auf der Rolltreppe blieb Ed stehen. Irritiert runzelte er die Stirn. Auf den Stufen stand etwas in Rot geschrieben:

Deine Maske muss fallen.

107

45

Deine Maske gibt dem Toten die Identität zurück.

45

107

Wenn deine Maske fällt, wirst du die Wahrheit erkennen.

Ein Geräusch ließ Ed aufblicken. Wie der rotierende Bürstenkopf in einer Auto-Waschstraße senkte sich eine Trommel auf die Handläufe der Rolltreppe. Statt weicher Reinigungsbürsten peitschten an Ketten befestigte Klingen auf die Stufen ein. »Ich bin was wert!«, schrie Ed verzweifelt. »Ihr braucht mich! GC! Hört ihr, ihr braucht mich noch!«

33

In der Falle …

Claas hatte Mühe, das Gleichgewicht zu halten. Alles drehte sich um ihn herum. Kurz stand er davor, das Bewusstsein zu verlieren. Nur verschwommen nahm er den Raum wahr, in den der Mann ohne Gesicht ihn getrieben hatte. Hinter leeren Särgen hingen übergroße Porträtfotos an den Wänden.

Vier Särge und ebenso viele Porträts.

Ein Porträt zeigte einen Mann mit rötlichen Haaren. Claas humpelte auf das Foto zu, um es aus nächster Nähe zu betrachten. Sein Chefredakteur hatte nicht gelogen. Der Mann war sein Ebenbild. Selbst der Algorithmus zur Gesichtserkennung hatte sie nicht auseinanderhalten können. Die Personen auf den drei anderen Fotos kannte er. Es waren allesamt Gewinner der Lotterie.

Vier Porträts, vier Särge,
aber sechs Gewinner der Lotterie.
Zwei fehlten.
Was hatte das zu bedeuten?

Claas war in etwas hineingeraten, das er nicht verstand. Bisher hatte er nur an der Oberfläche gekratzt. Nichts hielt einer genaueren Betrachtung stand. Stampfende Schritte näherten sich im Wechsel mit pochenden Lauten. »Es ist nicht so, wie Sie denken!« Claas taumelte und fiel hin. »Sie haben den falschen Mann!«, rief er auf dem Boden kriechend. Jemand blieb direkt neben ihm stehen. Claas blickte auf. Der lange Mantel seines Verfolgers berührte seine Nase. Zwei klobige Schuhe, blutbespritzt – so wie die in den Stock eingearbeiteten Klingen. »Ich bin keiner der Gewinner!«, wimmerte Claas. Er rollte sich auf die andere Seite, nur um dem Mann ohne Gesicht nicht ansehen zu müssen. »Auf dem Foto, das bin ich nicht! Meine Ohrläppchen ... die sind angewachsen. Ich hab' weniger Stirnfalten, auch Geheimratsecken ... sehen Sie das nicht? Die Augenbrauen ... das bin ich nicht. Ich bin es nicht!«

Mehrere Explosionen waren zu vernehmen. Die Erschütterungen ließen Putz von der Decke rieseln. Der Mann ohne Gesicht trat über ihn hinweg. Claas schloss die Augen. Ein Stoß mit dem Stock in die Seite, und er öffnete die Augen. Der Mann bückte sich. Schwarze Flecken wanderten über ein Antlitz, das keines war. Sie kamen und gingen in scheinbarer Willkür, bildeten Muster, die sogleich wieder vergingen. »Ich bin Reporter. Ich ...« Claas stockte. Zuerst hielt er es für eine Halluzination, doch dann wurde ihm bewusst, dass ein Mann ihn anlächelte. Ein strenger Blick und doch voller Güte. Konnte das Gesicht real sein? Der Mann veränderte seine Erscheinung: die Wangen fielen ein, der Haaransatz wanderte nach hinten, die Haut wurde faltiger. Immer stärker trat das Jochbein hervor. Am Ende zierte ein Kinnbart das Gesicht eines Neunzigjährigen. Der Mann lächelte, bis ihm die Gesichtszüge von einem Augenblick zum anderen entglitten. Die Augen fielen ein, die Lippen zogen sich zurück und gaben den Blick auf die Zähne frei, die Nase verkümmerte. Zuletzt verschwand die Haut.

»Bitte töten Sie mich nicht!«, flehte Claas. »Ich bin kein Gewinner der Lotterie!«

Der Mann mit dem Antlitz eines Totenschädels richtete sich auf.

»Oh Gott, töten Sie mich nicht!« Claas hielt sich die Hände schützend vors Gesicht. Der Mann trat zu. Claas schmeckte Blut. Die nächsten zwei Tritte zerschmetterten seinen Kiefer. Dann verlor Claas das Bewusstsein.

34

Drei Wochen zuvor.

San Diego, USA. In einer Penthousewohnung im Gaslamp Quarter ...

»Willst du mein Held sein?«, säuselte eine Frau ins Ohr eines Mannes. Sie streichelte über seinen Nacken.

»Lucina«, stöhnte der Mann, »wunderschöne Lucina.«

»Wir sind ein trauriges Liebespaar. So wie Romeo und Julia. Ohne Happy End.«

Der Mann hielt inne. »Was erzählst du da?«

»Es wird kein Happy End geben.«

Der Mann strich zärtlich die verschwitzten Haare aus der Stirn der Frau. »Baby, mit mir bist du auf der sicheren Seite. Ich werd' dich beschützen.«

Die Frau lächelte, nur um ihren Blick abzuwenden. »Willst du mein Held sein?«

»Natürlich will ich dein Held sein.«

»Bis in den Tod?«

Der Mann küsste die Frau auf die Schläfe. »Bis in den Tod, geliebte Lucina.«

35

Drei Wochen später.
Auf einer geheimen Anlage im Nordatlantik …

Es war stockdunkel. Liv klammerte sich an Joy. »Die Schritte kommen näher … hörst du das?«

»Du zitterst ja am ganzen Körper«, flüsterte Joy.

Liv atmete schnell. »Der Schatten ist in der Bibliothek.«

»In der Dunkelheit gibt es keine Schatten.«

»Und wenn doch?«

»Dann sieht der Schatten genauso wenig wie wir.«

»Du bist echt tough.« Liv stieß mit dem Bein gegen etwas. Ihre Hand ertastete eine glatte Oberfläche. Es war das Schutzglas einer Vitrine.

»Siehst du das Licht?«, fragte Joy.

»Welches Licht?«

»Bei dem Bücherregal, da dringt Licht durch die Ritzen.«

»Wo?«

Joy legte eine Hand auf Livs Schulter. »Dreh dich nach links. Siehst du das Licht jetzt?«

»Ja.«

»Hinter dem Regal ist was versteckt.«

»Ein Geheimraum?«

»Wart' mal, ich hab' da 'ne Idee.« Joy drückte sich gegen das Bücherregal. Ein Klacken war zu hören. Als sie das Regal losließ, fuhr es ein Stück weit nach vorne.

»Woher wusstest du das?«, fragte Liv.

»Hab' ich mal in 'nem Film gesehen.« Joy öffnete das Regal wie eine Tür. Das Licht, das in die Bibliothek fiel, war so grell, dass sich Joy instinktiv die Hand vors Gesicht hielt.

Livs Augen gewöhnten sich zuerst an die Helligkeit. Sie schrak zurück. »Da ist jemand!«

36

Im Fahrstuhl nach unten …

Ed presste seine Hände aufs Gesicht. Vor seinem geistigen Auge rotierten die Klingen, die ihn fast in Stücke gerissen hatten. Im letzten Augenblick war er den Messern ausgewichen und von der Rolltreppe gesprungen. »GC macht uns fertig«, sagte Ed mit schwacher Stimme. »Diesen Gegner kannst du nicht besiegen.« Der Fahrstuhl fuhr abwärts, und er fühlte sich vollkommen ausgeliefert.

»Lass mal GC aus dem Spiel«, sagte Rick. »Das nervt.«

»Die haben so 'ne unglaubliche Macht. Für die sind wir nur Ungeziefer, das man jederzeit zerdrücken kann.«

»Jetzt hör' auf mit dem Geschwätz! Oder gehörst du zu diesen Verschwörungstheoretikern, die GC alles Schlechte auf der Welt in die Schuhe schieben?«

Ed blickte auf. Seine Augen waren blutunterlaufen. »Ich bin Insider. Ich kenne GC genau. Schließlich arbeite ich für die.«

»Na und? Ich auch.«

»Weißt du, was ich alles sehe?«

»Keine Ahnung.«

»Die Algorithmen, die ich programmiere, sind kompliziert. Keiner hat den Überblick. Die lassen alle nur in Teilbereichen arbeiten. Aber ich sehe Zusammenhänge …«

»Dann glaubst du allen Ernstes, dass GC die Anlage gebaut hat?«

»Wer sonst? Nur GC hat die Macht dazu.«

Die Tür des Fahrstuhls öffnete sich. »Mal sehen, wo wir sind«, sagte Rick.

»Im Lovenberg-Tower. Das hab' ich dir schon gesagt.«

»Echt? Dann ist der Wolkenkratzer abgefuckter, als ich gedacht hab'.«

»Was?« Ed lugte aus der Kabine heraus. Die Wände des Treppenhauses bestanden aus vergammelten Gitterblechen. Dahinter kreisten Ventilatoren, durch den allgegenwärtigen Rost in ein rötlich-braunes Licht getaucht. »Sieht aus wie der Vorhof der Hölle.«

Rick reichte Ed die Hand und zog ihn hoch. »Na, siehst du? Das hat nichts mit GC zu tun.«

»Wenn du meinst.« Die Ventilatoren bliesen Ed abgestandene Luft ins Gesicht. »Ob es in der Hölle Einzelzimmer gibt?«

37

In einem Geheimraum der Bibliothek ...

Joys Augen gewöhnten sich langsam an die Helligkeit. Das, was sich auf ihrer überreizten Netzhaut allmählich abzubilden begann, verstörte sie. Hinter den Regalen verbarg sich ein geheimes Spielzimmer. Hunderte von Puppen waren um ein hölzernes Schaukelpferd gruppiert.

»Sie muss endlich lernen, Verantwortung zu übernehmen.«

Eine tiefe Männerstimme schallte durch das Zimmer. Joys Blicke fielen auf einen altertümlichen Röhrenfernseher. In Großaufnahme waren die faltigen Hände eines Mannes zu sehen. »Es wird Zeit, dass sie erwachsen wird«, sagte der Mann und nahm zwei Pillen aus einer Dose.

»Unsere Tochter ist stark.« Eine Frau, die nicht im Bild zu sehen war, antwortete dem alten Mann. »Sie möchte die Nummer 1 sein. Tief im Inneren ihres Herzens verspürt sie diesen Wunsch.«

»Sie wird alles erben. Leider versteht sie nicht, was das bedeutet.«

»Gib' ihr noch ein bisschen Zeit, Heinrich.«

»Zeit?«

»Ja, die braucht sie.«

»Meine liebe Lucina«, sagte der Mann nachdenklich. »Mein kleiner Lichtschein.«

»Sie wird dich nicht enttäuschen«, erwiderte die Frau. Im gleichen Augenblick schaltete sich der Fernseher aus.

Liv hob eine Puppe vom Boden auf und drehte sie zur Seite. »Wer ist Lucina?« Die Augenlider der Puppe fielen zu.

»Das ist doch jetzt egal«, sagte Joy. »Wo ist der Mann, den du gesehen hast?«

Liv stellte die Puppe wieder zurück zu den anderen. »Ich weiß nicht einmal, ob es ein Mann war.«

»So klang es aber gerade eben noch.«

Liv fasste sich an die Stirn. »Das Licht ... es war so ... hell. Irgendjemand stand vor mir.«

»Er hätte uns doch über den Haufen rennen müssen. Es gibt keinen anderen Weg hier raus.«

»Ich weiß auch nicht.«

Das Regal schlug hinter ihnen zu. Wie aus dem Nichts begann der Boden zu vibrieren.

»Wir sind eingesperrt!«, rief Liv.

»Sieh nur! Die Wand bewegt sich!«

»Nein, es ist nicht die Wand.«

»Was?«

»WIR bewegen uns.«

Der Fußboden des Kinderzimmers fuhr wie die Trägerplatte eines Lastenaufzugs in die Tiefe. Die Decke entfernte sich, und die Tapete, die das Zimmer schmückte, wurde abgelöst von nacktem Stahlbeton.

»Das ganze Zimmer ist ein Fahrstuhl!«, rief Liv. »Wir sind in die Falle getappt!«

»Falle?« Ein übergroßer Buchstabe stand an der Betonwand. Zuerst dachte Joy, dass es sich um eine Markierung handelte, doch als der Lastenaufzug weiter hinabfuhr, ergab sich daraus Buchstabe für Buchstabe ein Name:

L

U

C

I

N

A

38

Im Treppenhaus …

»Sind wir uns eigentlich schon mal begegnet?«, fragte Ed.

»Nicht dass ich wüsste.« Rick drückte die Türklinke runter.
Die Treppenhaustür war abgeschlossen. »Verdammt! Das ist
die zehnte Tür, die versperrt ist.«

»Es stehen keine Nummern an den Etagen«, sagte Ed. »Oder
sonst irgendwas.«

»Lass uns weiter runter. Irgendwann muss es ja mal
klappen.«

»Wo wohnst du eigentlich?«, fragte Ed.

»Berlin«, erwiderte Rick lakonisch. »Warum?«

»Welcher Bezirk?«

»Prenzelberg.«

»Und ich wohne im Friedrichshain.« Ed strich sich über den
Bart. »Gut möglich, dass wir uns schon mal über den Weg
gelaufen sind.«

»Ja und?«

»Ich suche nach Verbindungen. Gemeinsamkeiten, die wir
haben. Mehr, als dass wir vermeintliche Gewinner der
Lotterie sind.«

»*Vermeintliche* Gewinner?«

»Natürlich. Oder wie nennst du das hier? Einen Jackpot?«

»Unfall, Hubschrauberabsturz … ach, denk doch, was du
willst.«

»Joy bin ich schon mal begegnet«, sagte Ed. »Eine so schöne
Frau. Ich weiß nur noch nicht genau, wo das war.«

Rick blieb auf dem Treppenabsatz stehen. »Vielleicht sind wir
uns ja wirklich schon mal über den Weg gelaufen. Bei 'ner
GC-Party oder so.«

»Was sagst du da?«, fragte Ed, plötzlich hellwach.

»Na, vielleicht sind wir uns mal auf einer der jährlichen Events begegnet. GC lädt doch immer die Besten des Vorjahres ein. Vom Vorstandschef bis zum Barista. Die Chefs sollen sich unter die Proleten mischen.« Rick grinste. »Ob Programmierer auch dabei sind, weiß ich allerdings nicht.«

»Ja, du hast recht … genau … Party. Das muss es sein. Warum bin ich nicht gleich drauf gekommen?«

Rick blickte zur nächsten Treppenhaustür hinunter. »Was ist das da?«

»Hä?«

»Na, das …« Rick deutete auf die Schreibmaschine, die neben der Tür stand.

»Damit hat man geschrieben, bevor Computer aufgekommen sind.«

»Mann, das weiß ich auch«, sagte Rick. »Ich meine das Blatt, das in die Schreibmaschine eingespannt ist. Was hat das zu bedeuten?«

Ed zog das Papier aus der Schreibmaschine heraus. Nur vier unterstrichene Wörter standen dort, sonst nichts:

Geständnis der vier Schuldigen

»Weißt du, was damit gemeint ist?«, fragte Rick.

Ed schüttelte verstört den Kopf. »Die können das nicht wissen. Es ist zu lange her.«

»Wovon sprichst du?« Rick drückte die Klinke herunter. Die Treppenhaustür war nicht abgeschlossen. »Hey, hier geht's weiter.«

Ed zerknüllte das Stück Papier und warf es auf den Boden. »Es ist zu lange her«, sagte er vor sich hin, ohne dass er zu realisieren schien, dass jemand zuhörte. »Es gab niemanden, der das beobachtet hat.« Er knabberte an seinen Fingernägeln. »Vielleicht Drohnen? Nein, unmöglich. Die gab es zu der Zeit noch nicht.«

»Was sollten die Drohnen denn beobachtet haben?«, fragte Rick.

Ed atmete tief durch. Für einen Moment ging er in sich, dann sah er Rick mit maskenhaftem Lächeln an. »Nichts.«

»Kommst du?«

Ed musterte Rick mit kritischem Blick. »Und was ist deine Geschichte?«

»Wie meinst'n das?«

»GC scheint uns vor Gericht zu stellen. Wir sollen bestraft werden.«

»WIR?«

»Es ist ein Geständnis der vier Schuldigen.«

»Ich hab's ja nicht so mit Zahlen, aber sind wir nicht zu sechst gewesen?« Rick hob die Augenbrauen. »Und überhaupt, warum fühlst *du* dich angesprochen?«

»Ich?« Ed winkte ab. »Nein, Quatsch. Das hast du missverstanden. Mir ist das alles hier … es wird mir einfach alles zu viel.«

»Wenn dir was auf'm Herzen liegt, ist jetzt wohl der richtige Zeitpunkt gekommen, es loszuwerden.«

Ed strich seine Haare zurück und steckte das Hemd in die Hose. »Wenn wir durch die Tür gehen, gibt es kein Zurück.«

»Das mein' ich ja. Sprich dich besser aus.«

Ed klopfte Rick auf die Schulter. »Komm, lass uns lieber weiter.«

39

2 Jahre zuvor.
Berlin, Deutschland.
Sternwarte auf dem Arkenberge ...

»Die Erde ist erst der Anfang, hat mein Vater immer gesagt.« Das Dach der Sternwarte war geöffnet, und die Frau starrte in den Nachthimmel. Sie saß in einem Sessel, der wie ein Thron auf einem Podest stand.

»Für Ihren Vater gab es keine Grenzen.« Ein groß gewachsener, hagerer Mann trat an die Frau heran. Auf der vorletzten Stufe des Podests blieb er stehen.

»Es gibt zu viel Streulicht«, sagte die Frau. »Eine goldene Aura, die sich wie ein Schleier über Berlin legt. Man müsste alle Lichter löschen, um die Sterne besser sehen zu können.«

»Die Aktionäre möchten wissen, wie es weitergeht«, erwiderte der hagere Mann. »Wann werden Sie nach draußen kommen, um mit ihnen zu sprechen?«

»Sie sind immer loyal gewesen, Bob.«

»Ich kenne Sie seit Ihrer Geburt.«

»Die Lichter der Stadt«, sagte die Frau in sich gekehrt. »All diese Lichter ... mein Vater nannte mich immer Lucina, mein kleiner Lichtschein.«

»Dass Sie Mutter und Vater in so kurzer Zeit hintereinander verloren haben, ist eine Tragödie.«

»Meine Mutter ist über den Tod meines Vaters nie hinweggekommen. Vor allem die Umstände seines Todes hat sie nie verkraftet.« Die Frau drückte einen Knopf am Schaltpult der Armlehne. Das Okular des Teleskops fuhr zur Seite. »Meinen Sie, dass man an gebrochenem Herz sterben kann?«

»Sie sind jetzt die alleinige Erbin des GC-Imperiums.«

»Ja, das bin ich.« Die Frau starrte wieder in den Nachthimmel. Nur wenige Sterne waren zu sehen. »An guten Tagen kann man den Mars mit bloßen Augen sehen.«

»An guten Tagen sieht die Welt anders aus. Denken Sie daran.«

»All die Galaxien. Unzählige Sternensysteme, die besiedelt werden wollen. Für meinen Vater war die Erde nur ein Vorspiel.«

»Ihr Vater war ein Visionär. Ein wahrlich großer Mann.«

»Aber den Tod hat er nicht überwinden können.«

»Sie sind seine Antwort auf den Tod.«

»Mein treuer Bob.« Die Frau lächelte flüchtig, um dann wieder in Melancholie zu verfallen. »Lassen Sie mir noch ein bisschen Zeit, ja? Vielleicht funkeln ein paar Sterne, wenn sich diese Gewitterwolke erst verzieht.«

»Sie haben alle Zeit der Welt. Sie sind die Erbin. Der mächtigste Mensch auf der Welt.«

»Mächtig?«, wiederholte die Frau. »Welche Macht habe ich denn?« Sie drehte sich in ihrem Sessel um 180 Grad. »Bob?«, fragte sie, verdeckt von der Rückenlehne.

»Ja.«

»Manchmal wünschte ich, die Lichter würden ausgehen.«

»Wie meinen Sie das?«

»Manchmal denke ich, es wäre am besten, wenn es dunkel würde.«

»Sie müssen durch dieses Tal schreiten. Aber ich bin an Ihrer Seite.«

»Sie sind der treueste Diener unserer Familie.«

»Ich werde es weiter sein, wenn Sie es möchten.«

»Ich wüsste nicht, was ich ohne Sie machen würde, Bob.«

»Dann wird es mir eine Ehre sein, Ihnen zu dienen.«

»Bob?«

»Ja?«

»Vielleicht werde ich von Ihnen etwas verlangen ... etwas Unerhörtes.«

»Ich bin Ihrem Vater über den Tod hinaus verpflichtet. Und Sie sind seine Tochter. Das ist das Einzige, was zählt.«

»Dann werden Sie an meiner Seite stehen, egal, was ich von Ihnen verlange?«

»Das wissen Sie.«

»Ich wollte es nur noch einmal hören.«

»Wann werden Sie zu den Aktionären sprechen?«

»Sagen Sie Ihnen, ich komme, wenn ich dazu bereit bin.«

Bob schritt die Stufen des Podests hinab. Dann drehte er sich noch einmal um. »Wie ich sehe, beginnen Sie, Ihre Rolle anzunehmen.«

40

2 Jahre später.
In einer geheimen Anlage im Nordatlantik,
400 Meter unter dem Meeresspiegel …

Claas war in einem Dämmerzustand. Wie häufig er das Bewusstsein verloren hatte, wusste er nicht. Ohnehin spielte Zeit keine Rolle mehr. Claas versuchte, gegen die Müdigkeit anzukämpfen. Wasser war überall. Es lief ihm in den Mund, in die Ohren, es bedeckte seinen Körper bis zum Kinn. Er hustete, dann spuckte er Blut aus. Da, wo Schmerz sein müsste, war nicht mehr als dumpfes Empfinden. Claas fuhr sich mit der Zunge über die Zähne. Die obere Zahnreihe war ausgeschlagen. Das rechte Auge war zugeschwollen, mit dem linken Augen konnte er seine Umgebung verschwommen wahrnehmen. All die Wunden, die er sich im Laufe seines Martyriums zugezogen hatte, und er empfand keinen Schmerz. Konnte man das noch Leben nennen? Ein stechender Geruch strömte in seine Nase. Ihn erinnerte es an Nagellackentferner. Aber da war noch eine andere Nuance. Die eines Desinfektionsmittels.

»Ich bin nicht der, den ihr sucht!«

Ein Hall, als befände er sich in einem Saal. Die Decke so schwarz wie die Wände. Und ein Brunnen, in dem er festgehalten wurde. Gefesselt an die Wand wie ein Gefangener in einem Folterkeller. Unaufhörlich plätscherte Wasser in den Brunnen und ließ den Pegel ansteigen. Bald schon würde er ertrinken.

»Ihr Wahnsinnigen! Was wollt ihr von mir?«

An der Brunnenwand stand etwas. Claas nahm die Schrift nur unscharf wahr. Er blinzelte mit dem Auge, das ihm geblieben war. Das Geschriebene wurde deutlicher.

107

45

Gestehe deine Schuld und rette dein Leben!

Ein altertümliches Mikrophon hing dicht vor ihm, an einer Schnur herabgelassen aus der Höhe. In dieser Halle, die düster war wie eine Gruft. Claas spannte seinen Körper an und schüttelte sich.

»Ich bin nicht euer Mann!«

Lange blonde Haare wogen im Wasser. Dicht unter der Wasseroberfläche befand sich ein menschlicher Kopf. Eine Frau war neben ihn an die Wand des Brunnens gekettet. Es war Kim. Sie war elendig ertrunken. So ein Schicksal hatte niemand verdient. Und schon bald würde es ihm wie Kim ergehen.

Das Mikrophon sollte sein Geständnis aufnehmen. Claas wusste nicht einmal, worum es ging. Er hatte die Absicht gehabt, eine Story zu recherchieren. Zum ersten Mal wollte er keine Geschichte erfinden. Und jetzt war er selbst zum Teil der Story geworden. Einer Story, die jemand anderes schreiben würde. Das Wasser plätscherte in den Brunnen, und der Pegel stieg unaufhaltsam.

41

Auf der Plattform eines Lastenaufzugs …

»Lucina!«, rief eine verstörend tiefe Stimme.

»Kannst du was erkennen?«, fragte Joy voller Anspannung. Der Lastenaufzug hatte angehalten. Die Plattform war ein heller Lichtfleck, umgeben von Dunkelheit.

»Nein, gar nichts«, erwiderte Liv im Flüsterton.

»Mir ist so, als ob dort jemand …«

Ein Neonlicht ging an. Neben dem Lastenaufzug stand ein Hüne von Mann mit langem Mantel. Er trug einen überdimensional großen Hut mit breiter Krempe.

»Das ist er!« Liv schrak zusammen. »Der Mann, der …« Sie wurde kurzatmig. »Er ist … er ist es!«

»Lucina!«, rief der Mann, dessen Kopf unter dem Hut in Schatten getaucht war. »Endlich sind wir wieder vereint!« Im selben Augenblick begann ein Hydraulik-System zu arbeiten. Die Plattform des Aufzugs neigte sich. Das Schaukelpferd, die Puppen und der Röhrenfernseher rutschten vor die Füße des Mannes. Der Fernseher implodierte. Liv warf sich instinktiv auf den Boden. Sie kroch in die hinterste Ecke der Plattform. Panisch versuchte sie, sich mit ihren Fingernägeln am Bodenbelag festzukrallen. Joy blieb wie erstarrt stehen. Sie wusste nicht, wie sie sich verteidigen sollte. Es gab kein Entrinnen. Die Plattform neigte sich weiter. Wie bei einem Müllwagen, der den Abfall auskippte, wurde der Winkel immer steiler.

»Lucina!« Der Mann breitete seine Arme aus. In einer Hand hielt er den mit Rasierklingen bewehrten Stock. Das Neonlicht flackerte. »Komm zu mir!«

Liv verlor den Halt. Sie kam ins Rutschen, riss Joy mit sich und rollte mit ihr zusammen von der Plattform des Aufzugs hinunter, geradewegs in die Arme des Mannes.

42

Im Treppenhaus …

»Wie kann man cool aussehen, wenn man Capri-Sonne trinkt?«, fragte Rick und grinste breit.

Ed verzog genervt das Gesicht. »Wovon sprichst du?« Er öffnete die Treppenhaustür.

»Hast du mal gesehen, wenn ein Schrank von einem Mann, Typ Bodybuilder, vielleicht 1,90 m groß und genauso breit, wenn so ein Typ also mit diesem kleinen Strohhalm im Mund an 'ner Tüte Capri-Sonne trinkt? Wenn er den Mund spitzt und gierig saugt, als wäre er an der Zitze einer Maus. Wie lächerlich das aussieht?«

»Was soll das?«

»Was soll *was*?«

»Na, dieses Gerede über Capri-Sonne. Als ob wir keine anderen Probleme hätten.«

»Mach dich mal locker. Ich wollt' nur 'n bisschen die Stimmung heben.«

»Locker machen«, wiederholte Ed. »Ich war nie cool. Ob nun mit oder ohne Capri-Sonne.«

»Vielleicht hast du nur die falsche Einstellung. Wer sich nicht cool fühlt, wird es auch nicht sein.«

»Jetzt noch so 'ne Easy-going-Philosophie-Scheiße und ich bring mich an Ort und Stelle um.«

»Selbstmord in 'ner Kapelle? Keine gute Idee.«

»Kapelle?« Ed sah sich in dem karg eingerichteten Raum um, der hinter der Treppenhaustür lag. Ein Holzkreuz stand auf einem steinernen Altar.

»Verschieb das mal lieber auf nachher.« Rick tauchte seine Hände in das Weihwasserbecken am Eingang ein und bekreuzigte sich.

»Katholisch?«, fragte Ed mit abfälligem Unterton.

»Ja und?«

»Jetzt muss ich ausgerechnet zusammen mit 'nem Katholiken verrecken.«

»Du bist nicht gläubig?«

»Vergiss es«, brummte Ed. »Atheist in dritter Generation.«

»Wie heißt du eigentlich mit Nachnamen?«

»Geht dich nichts an.«

»Nicht zufällig Miesepeter?« Rick lachte.

»Ich wusste gar nicht, dass man in der Kirche Späße macht.«

»Dir ist schon klar, dass das keine Kirche hier ist.«

»Was du nicht sagst.«

»Mit Sicherheit ist der Raum nicht geweiht worden.«

»Warum bekreuzigst du dich dann?«

»Gewohnheit«, erwiderte Rick.

»Dass ich nicht lache.«

»Wo willst du hin?«

»Der Schrank hier hat drei Türen. Eine davon muss der Ausgang sein.«

»Warst du eigentlich schon mal in 'ner Kirche?«, fragte Rick.

»Gelegentlich. So als Kind.«

»Der Schrank da, das ist 'n Beichtstuhl.«

»Beichtstuhl?« Ed wirkte verblüfft. »Jetzt wird mir ja natürlich einiges klar.«

»Links und rechts sind die Türen für die Büßer, in der Mitte ist die für den Priester.« Rick versuchte, die Türen nacheinander zu öffnen. »Alle abgeschlossen.«

»Beichtstuhl hin oder her«, sagte Ed. »Der Priester ist wohl *off duty*.«

Rick fuhr sich mit der Hand verlegen über den Nacken. »Und was machen wir jetzt?«

»Vielleicht liegt hier irgendwo 'n Schlüssel rum.«

»Da ist 'n Safe.« Rick deutete auf den Altar.

»Lass mich mal sehen«, sagte Ed. »Fünfstellige Kombination.«

»Welcher Code könnte das sein?«, fragte Rick.

Ohne zu zögern, gab Ed die Kombination »10745« ein. Die Tür des Safes sprang auf.

»Woher wusstest du das?«

»Mein Geschäft sind Zahlen.«

»107 ist uns schon untergekommen«, sagte Rick, »aber 45 ... hatten wir die schon?«

»Auf dieser beschissenen Rolltreppe.«

»Rolltreppe? Du redest von dieser Messer-Nummer vorhin im Ballsaal? Von der 45 hast du aber nichts gesagt.«

»Ist das wichtig?«

»Na, ganz offensichtlich.«

»107. Das sind die Stockwerke des Lovenberg-Towers in Berlin. Da bin ich mir sicher. Aber 45?« Ed überlegte. »Was hat die zweite Zahl für 'ne Bedeutung?«

Rick öffnete den Safe. »Na, wer sagt's denn? Hier ist der Schlüssel.«

Ed griff sich den Schlüssel, ging zum Beichtstuhl und entriegelte die linke Tür. Rick blieb regungslos vor dem Safe stehen.

»Wo bleibst du?«, fragte Ed. »Willst du nicht wissen, was im Beichtstuhl ist?«

»Hier liegt noch eine ...«

»Was meinst du?«

»Da ist noch was drin.«

»Was denn?«

»'Ne Waffe.« Rick holte eine Pistole aus dem Safe. »'Ne brandneue GC 17.« Er prüfte, ob eine Patrone im Lauf war, dann zog er das Magazin heraus. Es waren fließende Bewegungen, als wäre er geübt im Umgang mit Waffen. »Nur noch ein Schuss.«

»Du kennst dich mit Waffen aus?« Ed schien nicht verwundert zu sein.

Rick nickte. »Yep.« Er steckte die Pistole unter den Gürtel.

»Na toll, der schneidige Marine und der fette Programmierer. Wenn das mal nicht das perfekte Klischee-Duo ist.«

»Ich bin kein Soldat.«

»Lernt man das heutzutage als Barista oder was?« Ed lachte schmutzig auf. »Sind die ganzen Hipster-Café-Latte-Schlürfer doch nicht so friedlich, wie man denkt?«

»Ich war Personenschützer.«

»Was? Du und Bodyguard?« Ed pfiff anerkennend. »Wo denn?«

»Bei GC.«

»GC … wie könnte es anders sein. Und warum hast du den Job an den Nagel gehängt?«

»Kaputte Knie.«

»Dann doch lieber Kaffee?«

»Dann lieber Kaffee.«

»Amen, Bruder.« Ed öffnete die Tür des Beichtstuhls. Sofort trat er einen Schritt zurück. »Ach, du heilige Scheiße!«

43

Am Lastenaufzug …

Der Mann holte mit dem Stock zum Schlag aus. Die Rasierklingen glänzten im Neonlicht. Mit voller Wucht fuhr der Stock auf Joy herab. Es schepperte. Der Stock traf auf einen unsichtbaren Widerstand. Joy verstand nicht, was passiert war. Der Mann schlug erneut zu. Wieder blockte etwas den Schlag. Jetzt erst erkannte Joy den Grund. Eine Glasscheibe befand sich zwischen ihr und dem Mann. Ein drittes Mal schlug er zu. Der Stock zersplitterte. Das Glas bebte durch die Erschütterung – aber es hielt. Der Mann stand ihr ganz dicht gegenüber. Er atmete gegen die Scheibe, so dass sein Hauch kondensierte. Sein Gesicht war unter der Hutkrempe nicht zu erkennen. Joy ergriff eine Scherbe des implodierten Fernsehers. Dann warf sie einen Blick zu Liv hinüber, die neben ihr auf dem Boden kauerte.

»Lucina …« Das Flüstern des Mannes drang durch die Glasscheibe. Die vorgetäuschte Bohrinsel, die von der Statue gekrönte Unterwasseranlage, all das war sein Spielfeld. Das Neonlicht flackerte, um dann zu erlöschen.

Eine Weile lang herrschte Totenstille. »Bist du noch da?«, wisperte Liv in die Dunkelheit hinein.

»Ja.«

»Gib mir deine Hand.« Liv kroch zu Joy hinüber. »Ist der Mann noch da?«

»Ich weiß es nicht.«

»Siehst du was?«

»Ich … weiß nicht … ja …« Helle Lichtpunkte mischten sich in die Finsternis. Joy hielt es zuerst für Glühwürmchen, die sich irgendwie in die Anlage verirrt hatten. Doch etwas irritierte sie. Die Glühwürmchen schienen in strenger Formation auf sie zuzufliegen. In synchronisierter Bewegung näherten sich die leuchtenden Insekten, als wären sie von einer übergeordneten Intelligenz kontrolliert. Und dann merkte Joy, dass keineswegs die Lichtpunkte sich bewegten, sondern es der Schatten war, der lebte. Er trieb das Licht vor sich her. Ein Schatten, wie er schwärzer nicht sein konnte. Die dunklen Flecken schlossen sich zu symmetrischen Figuren zusammen, um dann wie die Farbe auf einem Pinsel zu vergehen, den man ins Wasser tauchte. Wollte eine fremde Intelligenz mit ihr kommunizieren? Es war ein raues, animalisch wirkendes Signal. Ein grelles Neonlicht ging an. Das Licht brachte dort Dunkelheit, wo gerade eben noch Leben war: im Gesicht des Mannes. Dieser legte seine Hand auf einen Hebel. »Lucina, lass uns spielen!« Der Mann zog an dem Hebel. Eine Falltür öffnete sich, und Joy und Liv stürzten in die Tiefe hinab. Ihre Schreie verhallten binnen eines Augenblicks.

44

In der Kapelle …

Eds Augen tränten. Seine Kehle schnürte sich zu. »Irgendwas
…« Ed hustete. »Irgendwas kommt durch die Klimaanlage.«

»Ein Gas?« Auch Rick musste husten.

»Ja!«

»Schnell! Rein in den Beichtstuhl!«

»Nein!«

»Wir haben keine Wahl.« Rick schob Ed in die Kabine. Sofort
schloss er die Tür hinter sich.

Ed hustete. »Nein, nein!«

Rick tastete den Türrahmen ab. Gummidichtungen
verhinderten, dass Gas eindringen konnte. »Fürs Erste sind
wir hier sicher.«

Ed röchelte. »Weil das … das kein Beichtstuhl ist.«

Rick nickte. »Sieht ganz so aus.« Eine Etagenanzeige war
dort, wo sich normalerweise die Kniebank mit der
vergitterten Öffnung befand, durch die der Büßer zum
Priester sprach. Eine rückwärtige Tür führte aus der Kabine
heraus. Ein Spiegel zierte die Decke, die Wände waren mit
Aluminiumplatten beschlagen.

Ed spuckte auf den Boden aus. »Wir sind wieder in 'nem v-
verfickten Fahrstuhl.«

»Wie ist das nur möglich?«

»Bereiten Sie sich auf die Dekontaminierung vor«, erklang eine
Frauenstimme. »45, 44, 43 …« Die Stimme zählte einen
Countdown herunter.

»Was zum Teufel soll das?«, fragte Rick.

»Sind wir denn kontaminiert?« Ed betrachtete sich im
Deckenspiegel. Ihm gefiel es nicht, wie die nassen Klamotten

an seiner Wampe klebten. Rick hingegen sah wie ein Model aus, das man vor dem Fotoshooting mit Flüssigkeit besprühte. Ed hasste das Bild von sich, das der Spiegel ihm vor Augen hielt.

»*20, 19, 18 …*« Die Frauenstimme zählte den Countdown stoisch herunter.

Rick zückte die Pistole. »Das ist kein Fahrstuhl!« Er zielte auf die hintere Tür. »Das ist 'ne verdammte Schleuse!«

»45!«, rief Ed. »Natürlich! Der Countdown!« Er lachte hysterisch auf. »Sekunden sind das! 45 Sekunden!«

»*Dekontaminierung abgeschlossen.*« Ein Warnsignal erklang. Begleitet von einem zischenden Geräusch, sprang der Ausgang der Schleuse auf.

45

Unter der Falltür …

Liv wühlte sich durch ein Meer von bunten Bällen. »Joy? Wo bist du?«

»Gleich hinter dir.«

»Gott sei Dank«, sagte Liv. Die beiden waren in ein Bällebad gestürzt, das sich direkt unter der Falltür befand. Joy betrachtete die tiefen Schnittwunden, die sich quer über ihre Hand zogen. Sie hatte die Scherbe des Fernsehschirms beim Fallen nicht losgelassen. »Das nächste Mal, wenn dieses Schwein angreift, werde ich zurückschlagen.« Joy schob die Scherbe in die Hosentasche und wischte sich die blutige Hand an ihrer Bluse ab.

»Wo sind wir hier?«, fragte Liv. »Auf einem Jahrmarkt?«

Joy stapfte durch die angehäuften Bälle. »Sieht irgendwie so aus.«

Ein Klimpern, Hupen und Rasseln erfüllte den Raum. Wurfstände standen dicht an dicht neben Losbuden und Kinderkarussells. Überall blinkten bunte Lichter. Ein süßlicher Geruch nach Zuckerwatte lag in der Luft.

»*Treten Sie näher*«, ertönte eine blecherne Stimme aus Lautsprechern. »*Nur hier können Sie Monster und Mutanten bestaunen. Treten Sie näher und betrachten Sie den Abschaum der Menschheit.*«

»Es ist niemand hier außer uns«, sagte Liv.

»Kein Mensch zumindest.« Joy betrachtete die mechanische Wahrsagerin, die vor dem Bällebad stand.

»Wollen Sie ihre Zukunft erfahren?«, schlug ihnen die Stimme der Wahrsagerin entgegen. »Madame Fatmas Blick in die Zukunft wird Ihr Leben für immer verändern.« Ein

Papierstreifen fuhr aus dem starren Mund von Madame Fatma heraus.

Sie werden eine große Enttäuschung sein für Ihren Vater.

Joy riss den Papierstreifen ab. »Immer diese schwachsinnigen 08/15-Weisheiten.« Sie zerknüllte das Horoskop und warf es wütend auf den Boden.

»Warum ärgerst du dich?«, fragte Liv.

»Wer enttäuscht seinen Vater denn nicht? Kannst du mir das mal sagen?«

Liv berührte fürsorglich Joys Schulter. »Nimm es doch nicht so persönlich.«

»Nicht persönlich nehmen?«

»Es ist doch nur ein Streifen Papier.«

»Dass es nicht auf mich zugeschnitten ist, weiß ich auch.«

Liv zeigte auf ein Banner, das an der Decke hing. »Sieh mal hoch.«

Lucinas Jahrmarkt der menschlichen Abgründe
Betreten auf eigene Gefahr!

»Lucina, immer wieder diese Lucina«, sagte Joy gereizt.

»Wir müssen sie unbedingt finden. Vielleicht verstehen wir dann, was hier vor sich geht.«

»Ist Lucina Täterin oder Opfer?«

»Ich denke, das werden wir rausfinden, wenn wir sie treffen.«

»*Treten Sie näher*«, ertönte die Stimme aus den Lautsprechern. »*Treten Sie näher und bewundern Sie unsere zwei menschlichen Mutationen … ja, ganz genau, ich meine euch beide damit.*«

Joy schrak zusammen. »Hast du das gehört?«

»Was gehört?«

»Der … der redet doch mit uns.«

»Wer?«

»Der Typ aus den Lautsprechern.«

»Ach was. Das kommt aus der Konserve.«

Das Licht erlosch. Die Geräusche, das Hupen, das Klimpern und das Rasseln, all das verstummte von einem Moment zum anderen. Aus den Lautsprechern drang statisches Rauschen. Eine gefühlte Ewigkeit. Dann war ein Knacken zu hören, als schaltete jemand ein Mikrophon ein. »*Nein, das kommt nicht aus der Konserve*«, sagte eine tiefe Männerstimme. Eine blinkende Neonreklame ging an. Zwei Ausgänge wurden erleuchtet. »Death« stand über einer zweiflügligen Tür mit goldenem Türgriff, »Exit« über einer Öffnung in der Wand, die gerade groß genug war, dass sich ein Mensch hindurchzwängen konnte.

46

Jenseits der Schleuse ...

»Wo führt dieser Verbindungstunnel eigentlich hin?«, fragte Rick.

»Keine Ahnung«, erwiderte Ed. Hinter zentimeterdickem Sicherheitsglas lag das tiefblaue Meer. Ed wähnte sich im Tunnel eines Aquariums, das unter einem Haifischbecken entlangführte.

»Wie viele Tonnen wohl auf der Konstruktion lasten?« Rick spürte den veränderten Druck auf seinen Trommelfellen.

»0,1 bar je Meter. Macht 10 bar in 100 Metern Wassertiefe.«

»100 Meter? Wie kommst du auf 100 Meter? Meinst du, dass wir schon so tief sind?«

»Sei froh, dass es nicht noch mehr sind. Ab 200 Metern beginnt die Tiefsee. Da wird es stockdunkel.«

Rick betrachtete die gebogenen Glasplatten der Tunnelkonstruktion. »Wie weit geht es hier eigentlich runter?«

»Gute Frage. Ich weiß ja nicht, wo wir sind. Aber 2000 bis 4000 Meter können es im Atlantik schon sein.«

»4000 Meter?« Rick fuhr mit der Hand über das Sicherheitsglas. »Hält das Glas den Druck denn aus?«

Ed grinste spöttisch. »Auf keinen Fall. Ein paar hundert Meter und dann ...« Er stieß die Handflächen gegeneinander, als zerquetschte er etwas. »... sind wir Matsche. Genau genommen verbrennen wir, wenn die Luft in Sekundenbruchteilen komprimiert wird.«

»Und das findest du komisch?«

»Das hat nichts mit Komik zu tun. Das ist Physik.«

Rick drückte die Stirn gegen die Scheibe und sah nach unten. »Da sind Scheinwerfer an der Fassade. Die Anlage fällt steil ab. Und kein Ende in Sicht.«

»107 ist die magische Zahl. 107 Stockwerke. Wenn man pro Stockwerk vier Meter kalkuliert, macht das zusammen 428 Meter.«

»Soll das 'n Witz sein?«

»Ich hab's mir nicht ausgedacht.«

»Und was ist mit der 45? Vielleicht ist das ja die Anzahl der Stockwerke.«

»Auf keinen Fall. Denk an die Schleuse. Die Frau hat 45 Sekunden runtergezählt. Sekunden waren das.«

»Und warum hatte der Countdown exakt diese Länge?«

»Das frag' ich mich auch schon die ganze Zeit. Es ist ein verschlüsselter Hinweis. Eine Fahrt mit dem Fahrstuhl von der 107. Etage bis ins Erdgeschoss dauert um die 45 Sekunden. Es könnte sich darauf beziehen.«

»Auf die Fahrt mit dem Fahrstuhl?«

Ed nickte. »Gut sieben Meter pro Sekunde. Das passt schon.«

»Nur was hat das alles mit uns zu tun?« Rick steckte die Pistole unter den Gürtel. »Weshalb all das hier?«

»Irgendwas muss im Lovenberg-Tower passiert sein.«

»Das beantwortet aber nicht meine Frage.«

Ed strich sich nachdenklich über den Bart. »Es ist die Schuld der vier. Vier Schuldige, 45 Sekunden, ein Fahrstuhl.«

»Dann ist es Rache. Jemand muss bezahlen oder was?«

»Sieht ganz so aus.«

»Da hinten ist das nächste Schott.« Rick deutete auf das Ende des Verbindungstunnels. »Mal sehen, was jetzt kommt.«

»Warst du eigentlich schon mal im Lovenberg-Tower?«

»Natürlich. Leb' in Berlin. Schon vergessen?«

»Ist in einem der Fahrstühle mal irgendwas passiert? Ein Unfall? Ist jemand vielleicht gewalttätig geworden?«

»Nicht dass ich wüsste. Zumindest kann ich mich nicht dran erinnern, dass da mal was im Internet gestanden hat.«

»Was ist das Motiv für die Rache? Warum der Aufwand mit dieser gigantischen Anlage?« Ed überlegte. »Das Ungewöhnlichste in 'nem Fahrstuhl, was mir jemals passiert ist, – also abgesehen von der Scheiße hier – das absolut Ungewöhnlichste war, als ich mit dieser alten Frau steckengeblieben bin. Die hatte diesen Köter dabei. Der hat mich minutenlang angekläfft. Ich hab' den Hund dann solange angeknurrt, bis der den Schwanz eingekniffen hat. Die alte Dame war *not amused*. Ob sie deshalb aber gleich 'ne Anlage mitten im Atlantik errichtet, um mich fertigzumachen?«

Rick blieb stehen und musterte Ed mit kritischem Blick. »Vier Schuldige gibt es, aber wir sind zu sechst. Die sechs Gewinner der Lotterie.«

»Was du nicht sagst. Die Erkenntnis ist ja nicht ganz neu.«

»Ich bin Barista und kein Idiot.«

»Das hat niemand behauptet.«

»Meinst du, dass zwei von uns in die Sache verwickelt sind?«

»Auf jeden Fall sind vier von uns schuldig.«

Rick legte seine Stirn in Falten. Seine jugendliche Unbeschwertheit war wie weggefegt. »Kann ich dir trauen?« Er sperrte das Schott am Ende des Tunnels auf.

»Du hast die Waffe«, sagte Ed.

»Und du gehst vor.«

»Kann ich dir denn trauen?«

»Du hast keine Wahl.«

47

In der Exit-Röhre …

»Vielleicht hätten wir doch *Death* wählen sollen«, sagte Joy. Das raue Metall scheuerte auf ihren Ellenbogen. Die Röhre hinter dem Exit-Schild war so eng wie ein Torpedoschacht.

Liv kroch dicht hinter ihr. »Aber wer weiß, was sich hinter der goldbeschlagenen Tür verbirgt.«

»Was soll's?«, erwiderte Joy. »Wir haben unsere Wahl getroffen.«

»Die Entscheidung war nicht leicht.«

»Leicht ist es nie.«

»Darf ich dich was fragen?«

»Nur zu.«

»Bei der Wahrsagerin vorhin«, sagte Liv. »Der Spruch auf dem Papierstreifen. Warum bist du so sauer geworden?«

»Das ist 'ne alte, langweilige Geschichte«, erwiderte Joy.

»Du kannst ruhig darüber sprechen.«

»Ich denk', wir haben jetzt andere Probleme.«

»Was bedrückt dich nur?«

»Ich glaub', jeder Mensch sollte seinen Privatkram für sich behalten.«

»Wie wahrscheinlich ist es, dass wir hier rauskommen?«

»In Prozent gerechnet?«

»Vielleicht fühlst du dich besser, wenn du dich öffnest. Hat es mit deinem Vater zu tun?«

»Meine Güte, du bist ja vielleicht hartnäckig.«

»Und zu allem Überfluss noch dickköpfig.«

»Na ja, da sind wir uns ähnlich. Immer mit dem Kopf durch die Wand.« Joy seufzte. »Mein Vater hätte es wissen müssen. Ich bin keine Bankerin. Ich bin mit ganzer Seele

Wissenschaftlerin. Ich will so viel ... aber ich bin ganz bestimmt kein Mensch der Finanzen.«

»Was hat dein Vater denn von dir erwartet?«

»Mein Vater wollte, dass ich die Bank übernehme.«

»Von welcher Bank sprichst du?«

»Kennst du die Van 't-Hoff-Bank?«

»Natürlich.«

»Ich bin Joy Van 't Hoff. Die Tochter von Heinrich Van 't Hoff.«

»Was? Du bist die Tochter des legendären Bankiers? Aber du bist noch ... so jung.«

»Mein Dad ist erst sehr spät Vater geworden. Ich bin sein einziges Kind.«

»Er ist doch ... ist er nicht?«

Joy nickte. »Selbstmord. Vor fünf Jahren an Weihnachten.«

»Das tut mir leid.«

»GC hatte unserer Bank den Stecker gezogen.«

»Schrecklich.«

»Weißt du, mein Dad war immer so stark gewesen. Ein echter Patriarch der alten Schule. Aber dass er die Dinge nicht mehr in der Hand hatte, dieser Kontrollverlust, das hat ihm den Boden unter den Füßen weggezogen.«

»Wenn ich dir irgendwie helfen kann ...«

»Na, wer sagt's denn!«, rief Joy. Ein Kugelschott lag vor ihr. »Ich muss raus aus dieser Enge, sonst ersticke ich!«

48

In der Halle der Wasserfälle …

»Es wird immer surrealer.« Ed hatte Salzgeschmack auf der Zunge. Das Wasser stürzte mehr als dreißig Meter in die Tiefe. Er stand neben Rick auf einer Plattform, die sich wie ein vorgeschobener Aussichtspunkt in unmittelbarer Nähe zu einem Wasserfall befand. Eine Nebelwand tauchte alles, was unter ihnen lag, in undurchdringlichen weißen Schleier. Die wahre Größe der Halle, in der sie sich befanden, konnten sie nur erahnen.

»Sind die Dinger für uns gedacht?«, fragte Rick. Vier Seile waren am Geländer der Plattform verknotet. Die Seile strebten aufwärts, um auf die andere Seite des Wasserfalls zu führen.

»Das wollte ich schon immer mal machen.« Rick entknotete das Ende eines Seils und zog daran. »Fest vertäut.«

»Was hast du vor?«, fragte Ed. »Willst du dich wie Tarzan rüberschwingen?«

»Hast du 'ne andere Idee? Zurück können wir jedenfalls nicht.«

»Das Wasser wird dir mit voller Wucht auf die Rübe prasseln. Mann, du bist bewusstlos, noch bevor du drüben bist.«

Rick lächelte. »Für mich sieht das eher nach 'ner dünnen Wasserwand aus. Als wär's 'ne Art von Vorhang.«

»Seit wann bist du denn Spezialist für Wasserfälle?« Ed blickte skeptisch zum Spalt in der Decke hinauf, aus dem das Wasser schoss.

»Ich versuch's!« Rick hielt sich am Seil fest, während er auf das Geländer kletterte. »Wünsch mir Glück!«

»Verdammt nochmal, warte!«, rief Ed. »Lass uns erst überlegen, was unsere Optionen sind!«

»Optionen?« Rick drehte sich zu ihm um. »Scheiß auf die Optionen! Manchmal muss man was wagen!« Er nahm das Seil in beide Hände und sprang vom Geländer ab. »Ich seh' dich auf der anderen Seite!«, rief Rick Ed zu, bevor er in den Wasserfall eintauchte.

49

Tief im Inneren der Anlage …

Claas hatte resigniert. Das Echo seines letzten Hilferufs war längst verhallt, in dieser Halle, die schwarz war wie eine Gruft. Seine Situation erschien hoffnungslos. Der Pegel des Wassers stieg Millimeter um Millimeter.

107

45

Gestehe deine Schuld und rette dein Leben!

Wenn die Wasserkante die Worte an der Brunnenwand erreichte, war er längst tot. Was sollte er gestehen? Wenn er es doch nur wüsste. Auch Kim hatte kein Geständnis in das Mikrophon gesprochen, sonst wäre sie jetzt nicht tot. Ob sein Doppelgänger, der wahre Gewinner der Lotterie, Bescheid wusste? Vielleicht hatte dieser seinen Gewinnschein gar nicht des Geldes wegen verkauft, sondern um sein Leben zu retten? In Ahnung dessen, was ihm blühte? Claas reckte seinen Hals, soweit er konnte. Nur noch wenige Minuten blieben ihm, bis er ertrank. Zwei Särge aus schwarz lackiertem Metall standen hinter dem Brunnen. An der Stirnseite waren Inschriften angebracht, so viel vermochte Claas zu erkennen. Der Rest war von der Brunnenwand verdeckt. Wenn er die Namen auf den Särgen doch lesen könnte, vielleicht käme er dem Rätsel der geheimen Anlage auf die Spur. Mit all seiner Energie drehte er seinen Kopf und streckte sich. Die Fesseln an Handgelenken und Knöcheln waren zum Bersten gespannt. Die Namen von zwei Menschen tauchten in seinem Sichtfeld auf. Es waren die Särge eines Ehepaars. Endlich kannte Claas die Identität der Bestatteten. Doch konnte er mit diesem Wissen sein Leben retten? Seine Körperspannung erschlaffte, und er schluckte Wasser. Das Mikrophon dicht über sich, schoss ein Gedanke durch seinen Kopf. Ein Gedanke, der ein Wort ergab: Sarkophag. Dann spuckte er erneut das Wasser aus, das ihm in den Mund gelaufen war, reckte mit aller Kraft den Kopf und schrie aus ganzer Kehle: »Sarkophag! Projekt Sarkophag!« — als hätte er das lange gesuchte Lösungswort eines Rätsels gefunden.

50

In der Halle der Wasserfälle …

»Vom Regen in die Traufe«, bemerkte Joy mit einem Kopfschütteln.

»Wollen wir es wagen?« Liv starrte auf die Hängebrücke, die direkt durch den Wasserfall führte.

»Was bleibt uns anderes übrig?« Ein Windhauch streifte Joy. Für einen Augenblick dachte sie, der Wasserfall wäre für den Luftwirbel verantwortlich, doch dann erhielt sie von oben einen Schlag auf die Schulter. Joy knallte auf die Brücken-bohlen.

»Er hat uns aufgespürt!«, schrie Liv wie von Sinnen. »Er ist hier!« Der hünenhaft große Mann war an einem Stahlseil zu ihnen hinabgeglitten. Er löste die Verbindung zum Seil und packte sich Liv.

»Dir zeig ich's!« Joy rappelte sich auf. Sie zog die Glasscherbe aus der Hosentasche und rammte sie dem Mann in die Schwärze seines Gesichts. Ein tiefer Schrei, und der Mann ließ Liv los.

»Weg hier!«, schrie Joy. Sie und Liv schleppten sich über die Brücke, tauchten unter dem Wasserfall hindurch und sahen zurück. »Das darf nicht sein«, sagte Liv. »Das darf einfach nicht sein.« Zunächst war es nur eine unscharfe Silhouette, die sich in der Wand aus Wasser abzeichnete. Kaum mehr als die dunkle Ahnung einer Bedrohung. Mit jedem Schritt aber, den sich der Mann dem Wasserfall näherte, gewann der Umriss an Kontur. Der Mann blieb noch einen Augenblick auf der anderen Seite, bevor er einen Schritt vortrat, dann noch einen und einen weiteren – bis das Wasser auf seinen Hut prasselte. Das Gesicht in Dunkelheit getaucht, verharrte der Mann dort regungslos, als wäre er mitten in der Bewegung erstarrt.

»Runter!«, schrie Liv und riss Joy zu Boden. Ein Schuss verhallte in der Halle, alleinig untermalt vom Rauschen des Wassers. Rick stand mit gehobener Waffe hinter ihnen. Aus kurzer Distanz hatte er geschossen. Der Mann griff sich an die Brust, sprang über Liv und Joy hinweg und schleuderte die Masse seines Körpers gegen Rick. Der hatte der Wucht des Angriffs nichts entgegenzusetzen. Die Pistole fiel ihm aus der Hand, und er ging zu Boden. Der Mann rannte weiter. Die Hängebrücke führte zur Spitze einer schwarzen Pyramide. Zwei weitere Brücken trafen sich dort, sonst gab es keinerlei Zugänge. Die Pyramide war umgeben von einem Ring von Wasserfällen. Der Mann öffnete ein Schott im oberen Winkel der Pyramide und verschwand.

»Gott sei Dank!« Rick half Joy auf die Beine. »Du lebst!« Er umarmte sie.

Joy lächelte. »Dass ich dich noch mal wiedersehe.« Sie drückte ihn fest an sich. Rick griff sich mit schmerzverzerrtem Gesicht an den Bauch.

»Was ist?«, fragte Joy.

»Dieser blöde Stockschlag von vorhin macht mir immer noch zu schaffen.«

»Lass mich mal sehen.«

»Ich werd's schon aushalten.« Rick wandte sich Liv zu. »Ist bei dir alles klar?«

»Seht doch!« Gebannt starrte Liv auf die Pyramide. Nebel umhüllte die Spitze wie das Plateau eines Bergs. »Er ... er kommt zurück!«

»Was?«

Liv klammerte sich an Rick. »Der Mann! Der schwarze Mann kommt zurück!«

Rick hatte Mühe, in den Nebelschwaden etwas zu erkennen. »Liv hat recht … da kommt wirklich jemand …« Der Statur nach war es ein mittelgroßer Mann, der schwerfällig stampfend auftrat. Rick lachte auf. »Hätt' ich ihm gar nicht zugetraut.«

»Mann, mann, mann, das war vielleicht 'ne geile Aktion. Verdammt!« Freudestrahlend schnaufte Ed nach seinem Spurt durch. »Ich hatte schon ewig nicht mehr so viel Spaß! Crazy shit! Wie Tarzan an der Liane.«

»Wo kommst du denn her?«, fragte Joy.

»Wo ich herkomme?«

»Ja.«

Ed runzelte die Stirn. »Diese Begeisterung, mich zu sehen, ist ja herzallerliebst.«

Liv zog die Netzbandage über die Wange, so dass die Kompressen ihre Wunde wieder vollständig bedeckten. »Warst du in der schwarzen Pyramide?«

»Was heißt hier Pyramide?«, fragte Ed. »Das war vielleicht 'ne geile Nummer, kann ich euch sagen. Ich meine, ich hab' erst gewartet, dass Rick zurückkommt, aber dann hab' ich gedacht: Scheiß drauf, selbst ist der Mann! Und dann hab' ich mich einfach so rübergeschwungen! Könnt ihr euch das vorstellen? Rein ins Ungewisse! Ich wusste ja nicht, was mich hinter dem Wasserfall erwartet.«

»Der Typ muss dir doch über den Weg gelaufen sein«, wunderte sich Joy.

»Was? Welcher Typ?« Ed sah sie irritiert an.

»Na, der Typ, der uns eben angegriffen hat.«

»Was verdammt nochmal soll das hier werden? 'N Tribunal? Ich erzähl euch von meinem Stunt und ihr, was macht ihr? Ihr macht mir Vorwürfe.«

Joy musterte Ed mit kritischem Blick. »Da sind noch zwei weitere Brücken, die zur Pyramide führen. Über welche bist du gekommen? Die linke oder die rechte?«

»Keine von beiden«, knurrte Ed. »Ich bin mit Air Liane eingeflogen.« Er sah Joy mürrisch an. Die kindlich anmutende Begeisterung in seinem Gesicht war verschwunden. »Habt ihr Rick eigentlich auch so überschwänglich begrüßt?«

»Das Schott ist immer noch offen«, sagte Liv, ohne auf Ed einzugehen. Die ganze Zeit hatte sie die Pyramide nicht aus den Augen verloren. »Ich frage mich, wann er wiederkommt. Vielleicht holt er sich nur etwas ... eine Waffe ... und dann … dann kommt er zurück … ja, dann wird er zurückkommen …«

Ed betrachtete der Reihe nach Rick, Joy und Liv. »War das jetzt alles? Nach allem, was wir zusammen durchgemacht haben? Gibt es keine freundlichen Worte? Keine Umarmung? Nichts dergleichen? Asperger lässt grüßen oder was?«

»Jetzt tu mal nicht so, als ob du auf so was stehen würdest«, sagte Joy abwesend. Sie betrachtete ihre blutende Hand. Die Glasscherbe war beim Zustechen zersplittert. Als Waffe hatten die Bruchstücke ausgedient. Joy ließ sie fallen und wischte sich ihre blutige Hand an der Bluse ab. »Wir haben alle viel durchgemacht.«

»'N bisschen mehr hab' ich mir schon versprochen«, sagte Ed. »Immerhin sind wir alle wieder zusammen ... ich meine ... wir sind nur noch zu viert. Wir waren mal sieben, wenn ihr euch erinnert. Was soll das für 'ne Show werden? Jeder stirbt für sich allein?«

»Jetzt beschwer' dich mal nicht«, sagte Joy, während sie den Sitz ihrer Haarnadeln prüfte. Sie zog an ihrer nassen Bluse, damit sich ihre Brustwarzen nicht mehr so deutlich abzeichneten. »So gut kennen wir uns auch nicht.«

»Und ich dachte immer, Menschen werden in Extremsituationen zusammengeschweißt.«

»Überleg lieber, wie wir hier rauskommen.«

»Na, schönen Dank.« Ed schüttelte missmutig den Kopf.

Liv hob die Pistole auf und reichte sie Rick. »Du hast ihn verfehlt.«

»Auf keinen Fall«, widersprach Rick. »Der Schuss hat hundertpro gesessen.«

»Vielleicht erwischt du ihn beim nächsten Mal.«

»Es gibt kein nächstes Mal.« Rick schob die Pistole unter den Gürtel. »Keine Patrone mehr im Magazin.«

Liv senkte ihren Blick. »Dann sind wir verloren.«

»Zuerst die silberne Pyramide und jetzt die schwarze«, sagte Joy nachdenklich. »Silbern, dann schwarz ... was hat das zu bedeuten?«

»Das war keine Pyramide«, wandte Ed ein.

»Sondern?«

»Das ging viel tiefer runter. Die Pyramide ist der obere Teil eines ...«

»... Obelisken«, ergänzte Rick.

Ed nickte. »Ganz genau.«

»Dann ist das unter uns auch 'n Obelisk?«, fragte Rick.

Ed rieb sich über die trockenen Lippen. »Erinnert ihr euch an das Kinderzimmer mit der Babywiege?«

»Das Labyrinth auf dem Teppich?«, fragte Joy.

»Der Ausgang aus dem Labyrinth war mit 'nem schwarzen Obelisken markiert«, sagte Ed.

»Und die schwarze Pyramide unter uns soll die Spitze eines Obelisken sein?«, hakte Joy nach.

Ed nickte. »Zuerst der weiße Obelisk, der über der Wasseroberfläche, danach der silberne ... und jetzt ... jetzt kommt der schwarze. Drei Obelisken. Übereinander gestapelt wie … ja … Halmafiguren.«

»Aber Obelisken, wie soll das ... wir sind mitten auf dem Atlantik?«, wunderte sich Rick.

»Irgendwas muss verhindern, dass die Anlage auf den Meeresgrund sinkt«, erwiderte Ed. »Wie bei 'nem gigantischen Eisberg, dessen Spitze aus dem Wasser ragt, treiben die Obelisken im Wasser.«

»Schwimmkörper könnten für Auftrieb sorgen«, sagte Joy.

»Mhm, vielleicht sind die Lufttanks außen angebracht, damit die Obelisken nicht zur Seite wegkippen.«

Sirenen heulten auf. Einmal, zweimal, dreimal. Dann durchzogen ebenso viele Erschütterungen die Halle. »Das glaub' ich nicht!« Joy fasste sich an die Stirn. »Es passiert schon wieder!«

»Los! Rein in den Obelisken!«, rief Rick.

»Bist du verrückt?« Liv schüttelte den Kopf. »Der Mann! Er lauert dort auf uns!«

Ein Quietschen war zu vernehmen, gefolgt von einem Dröhnen. Hunderte von Klappen öffneten sich in der Decke der Halle. Wasser schoss durch die Öffnungen hindurch. Die Luft wurde aufgewirbelt wie bei einem Sturm. Die Hängebrücke geriet ins Wanken. Rick gestikulierte wild mit den Armen. »In den schwarzen Obelisken! Schnell! Die Halle, sie wird geflutet!«

51

Tief im Inneren des schwarzen Obelisken ...

Selbst wenn Claas noch einmal um Hilfe schreien wollte, würde er es nicht können. Die Wasserkante hatte seine Augen erreicht. Fünf Liter Luft. Noch einmal hatte er über die Nase einatmen können. Claas wünschte sich, an die Menschen zu denken, die ihn durchs Leben begleitet hatten: seine Eltern, die Schwester, seine Freunde. Oder an seine große Liebe. Aber es waren die Namen von zwei fremden Menschen, um die seine Gedanken kreisten. Claas schloss die Augen. Bald würde das Zappeln beginnen. In einigen Augenblicken übernahm der stammesgeschichtlich älteste Bereich des Gehirns, der animalische Teil, die Kontrolle. Und das Einzige, woran Claas vor seinem Tod denken konnte, das Einzige, was seinen Geist in den letzten Augenblicken seines Lebens ausmachte, waren die Namen auf den Särgen:

*** Sayuri von Lovenberg ***
*** Heinrich von Lovenberg ***

Sinnbild eines Rätsels, das er nicht lösen konnte.

52

An anderer Stelle im schwarzen Obelisken …

»Wann kommt es wieder?«, fragte Joy ehrfürchtig. Sie starrte auf die Bodenplatten aus Granit. Die Säulenhalle, die sie betreten hatten, war parzelliert wie ein Schachbrett.

Ed trat einen Schritt zurück. »Drei, zwei, eins …« Ein Messer sprang aus einer Bodenspalte. Die Klinge fuhr einen Meter in die Höhe und senkte sich wieder, begleitet von einem ratternden Geräusch.

»Wir müssen umkehren.« Liv verschränkte die Arme, um ihr Zittern zu verbergen. Sechsmal war die Klinge bereits aus dem Boden geschnellt, seitdem sie die Halle betreten hatten, immer an einer anderen Stelle.

»45 Sekunden?«, fragte Joy. »Hast du 'nen eingebauten Chronometer?«

»45 ist die zweite magische Zahl.«

»Wovon sprichst du?«

»Du erinnerst dich doch an die erste magische Zahl in der Lounge. Oder etwa nicht?« Eds Frage war mit provozierendem Unterton gestellt.

»Was denkst du? 107. Die Zahl auf dem Schlüsselanhänger.«

»Der Lovenberg-Tower in Berlin hat 107 Etagen.«

»Das behauptest du.«

»45 Sekunden. Macht eine Fahrt im Fahrstuhl *from top to bottom*.« Ed massierte sich die Schläfen in kreisenden Bewegungen. Die Wirkung des Alkohols ließ nach. Stechende Kopfschmerzen kündigten sich so unheilvoll an wie die Blitze eines aufziehenden Unwetters. Er zeigte mit dem Finger auf die Bodenplatten. »Drei, zwei, eins … wartet … wartet …« Die

Klinge schnellte erneut aus dem Boden, keine zehn Meter entfernt.

»Wenn sich die 107 wirklich auf die Etagen im Lovenberg-Tower beziehen sollte«, sagte Joy. »Wie kommst du darauf, dass es mit 'nem Fahrstuhl zu tun hat?«

»Wie ich darauf komme? Hallo? Soll das 'n Witz sein?« Ed lachte höhnisch auf. »Hast du Gedächtnisschwund? Wir waren die ganze Zeit in verfickten Fahrstühlen unterwegs. Meinst du, das ist 'n Zufall gewesen? Moderne Fahrstühle, enge Fahrstühle, geräumige Fahrstühle, verrostete Fahrstühle, Fahrstühle, die so aussehen wie Beichtstühle.«

»Du erzählst vielleicht 'nen Müll.« Joy schüttelte den Kopf. »Na ja, zumindest hast du auf dem Weg nach unten dein Stottern verloren.«

Ed schien einen Moment selbst verblüfft zu sein über diese Tatsache. »V-v-verdammt, ja.«

»Lucina steckt hinter all dem hier«, sagte Liv.

»Lucina?«, wunderte sich Rick. »Wer ist Lucina?«

»Der schwarze Mann hat eigentlich Lucina gejagt. Irgendwie hat er Joy und mich mit ihr verwechselt.«

»Was?« Rick wurde hellhörig. »Der Mantel-Mann war euch die ganze Zeit auf den Fersen?«

»Er ist es immer noch.« Liv tastete mit ihren Blicken die dunklen Ecken der Halle ab.

»Ich hätt' euch beschützen müssen«, sagte Rick bekümmert.

»Das hast du doch.« Joy ging zu Rick und legte eine Hand auf seine Schulter. »Mach dir keine Vorwürfe.« Sie streichelte über seinen Nacken. »Du bist noch rechtzeitig gekommen.«

Rick senkte seinen Kopf. »Ich hätt' ihn erledigen müssen. Normalerweise treff' ich immer.«

»Ich weiß«, flüsterte Joy ihm zärtlich ins Ohr. »Das weiß ich doch.«

Ein ratterndes Geräusch erklang. Die Klinge war hinter einer Säule aus dem Boden geschnellt. Ed betrachtete Joy und Rick voller Neid. »Ich denke, dieser schwarze Heini sucht nach den vier Schuldigen.«

»Welche vier Schuldigen?«, fragte Liv.

»Es war eine Botschaft auf einer Schreibmaschine, die Rick und ich gefunden haben. Vier Schuldige sollen ein Geständnis ablegen.«

Rick nickte. »Es ist die Schuld der vier.«

»Wir sind vier«, sagte Joy.

»Es muss sich um 'ne Verwechslung handeln«, erwiderte Ed. »Oder wisst ihr, worum's geht?«

»Jemand spielt ein falsches Spiel mit uns.« Liv presste die durchnässten Kompressen auf ihre Wange. Wenn sie mit der Zunge über die Schnittwunde fuhr, spürte sie nichts. Ihre Gesichtshaut war wie taub.

»Wo sind Claas und Kim nur?«, fragte Ed. »Vier Schuldige, aber sechs Gewinner der Lotterie. Es will einfach nicht aufgehen.« Ed zeigte mit dem Finger auf die Granitplatten. »Drei, zwei …« Die Klinge fuhr aus dem Boden, diesmal fünf Meter von ihnen entfernt.

»45 Sekunden«, sagte Rick. »Wir warten, bis 'n Messer aus dem Boden springt und machen dann den nächsten Schritt. Wir bleiben immer auf den Platten. Ich geh' vor.«

Joy hielt ihn am Arm zurück. »Mach keinen Scheiß. Du könntest 'ne andere Falle auslösen, wenn du auf die Platte trittst.«

»Ich riskier's!«

»Vielleicht müssen wir gar nicht durch die Halle.« Liv deutete auf einen blutigen Handabdruck, der sich an der Wand hinter ihnen befand.

»Wie zum Teufel ist der da hingekommen?« Ed inspizierte den Abdruck. »Scheint frisch zu sein.«

Joy lächelte Rick an. »Du hast das Schwein doch getroffen!«

»Yes! Ich wusste es!« Rick ballte die rechte Hand zur Faust, zuckte zusammen und fasste sich an den Bauch. Für einen Moment war sein Gesicht im Schmerz erstarrt.

»Ob dieses Schwein gar nicht durch die Halle gegangen ist?«, fragte Joy.

Ed kratzte mit dem Zeigefinger über die Wand. »Das ist Plastik. Der Stein mit dem Handabdruck drauf ist nicht aus Granit wie der Rest der Wand.«

»Vielleicht ist das ein ...« Joy überlegte. »In der Bibliothek vorhin, in der Liv und ich waren, da gab's 'ne Geheimtür.«

»Nun, 'nen Versuch ist's wert.« Ed drückte seine Hand gegen den vorgetäuschten Granitstein. Ein Klacken war zu hören. Mit einem knirschenden Geräusch öffnete sich eine Bodenklappe.

»Wer sagt's denn!« In Joys Gesicht spiegelte sich Zufriedenheit.

Rick starrte in den dunklen Schacht hinab, der unter der Klappe verborgen lag. »Da führt 'ne Leiter runter.«

»An den Sprossen klebt auch Blut«, bemerkte Joy. »Den hat's ganz schön erwischt.«

»Wir müssen verdammt vorsichtig sein.« Ed kämmte sich mit den Fingern die strähnigen Haare zurück. »Nichts ist gefährlicher als 'n verletztes Tier, das sich in die Enge getrieben fühlt.«

53

Am unteren Ende der Leiter …

»Guckt euch das an! Hier sieht man den Andachtsraum drauf.« Ed setzte sich auf einen Stuhl, der vor einem Kontrollpult stand. Auf Flachbildschirmen flimmerten die Bilder von Überwachungskameras.

»Die haben die ganze Anlage mit Kameras zugepflastert«, schnaufte Rick. Er rang nach Luft.

»Was ist nur mit dir?«, fragte Joy. »Irgendwas stimmt doch nicht.«

»Ach was«, erwiderte Rick mit schmerzverzerrtem Gesicht. »Das wird schon wieder.« Er setzte sich neben Ed ans Kontrollpult.

»Jetzt zier dich nicht.« Joy zog Ricks T-Shirt hoch. Sie erschrak. »Der Bluterguss sieht ja schlimm aus.«

»Der Stoß hat's in sich gehabt.« Für Rick war jeder Atemzug mit Schmerz behaftet.

»Darf ich die Stelle mal abtasten?«

»Besser nicht.« Rick stöhnte auf. »Irgendwas stimmt nicht mit mir.«

»Ich bin ganz vorsichtig.« Joy strich mit den Fingerspitzen über Ricks Bauch. »Bretthart.«

Rick lächelte gequält. »So was nennt man …« Er stöhnte. »… durchtrainiert.«

»Ich weiß ja nicht.« Joy übte mit Zeige- und Mittelfinger einen kurzen, aber energischen Druck auf den Bauch aus.

Rick schrie auf vor Schmerz.

»Eine starke Abwehrspannung«, sagte Joy. »Ich bin keine Ärztin, ich will auch nicht den Teufel an die Wand malen, aber es könnte sein, dass du so was wie innere Blutungen hast.«

»So was haut mich schon nicht um.« Rick stöhnte. »Meinst du, das ist meine erste Schlägerei?«

»Die Masken müssen fallen und dann bekommt der Tote seine Identität zurück.« Ed trommelte mit den Fingernägeln auf dem Kontrollpult herum, während er nachdenklich die Bilder auf den Monitoren betrachtete. Der alte Mann im Andachtsraum schien die Schlüsselfigur zu sein. Seine Gesichtshaut war abgezogen, das Porträt zerkratzt. Ihm wurde jegliche Identität genommen. Warum nur?

»Das ist wie ein Blick hinter die Kulissen«, sagte Liv. Sie zeigte der Reihe nach auf einzelne Monitore. »Hier die Bibliothek, da der Vergnügungspark, dort der gläserne Verbindungstunnel. Alles wurde überwacht. Lückenlos.«

»Mir ist so ... alles ... dreht sich ...« Ricks Kopf sank zur Seite weg. Gerade noch rechtzeitig, bevor er vom Stuhl fiel, griff ihm Joy unter die Arme.

Ed gab Rick unbeholfen einen Klaps auf den Rücken. »Was ist mit dir, Kumpel? Eben war doch noch alles okay!«

»Wir können den Spieß vielleicht umdrehen«, sagte Liv.

»Was hast du vor?«, fragte Ed.

»Ich spreche von dem roten Knopf neben den Bildschirmen.«

»Nur im Notfall benutzen.« Ed las die Beschriftung des Buttons vor. »Mir gefällt das nicht. Vielleicht ist die Blutspur bewusst gelegt worden, um uns hierher zu locken.«

»Soll ich den Knopf drücken?«, fragte Liv.

Ed stand auf und ging zu den Schotts, die aus dem Kontrollraum führten. Beide waren verriegelt. »Mann, mann, mann. Ich denke, wir haben keine Wahl.«

Joy nickte. »Rick muss hier raus. Egal, was passiert, wir müssen es riskieren.«

»Okay, dann mache ich es.« Liv schlug mit der Handfläche auf den Knopf. Klackende Geräusche waren zu vernehmen, dann blinkten LED-Felder über den Schotten auf. »DER AUSGANG« stand über dem linken Schott, »DIE WAHRHEIT« über dem rechten.

»Ich denke, der Weg ist klar.« Ed prüfte das linke Schott. Es war nicht mehr verriegelt. »Und ab geht's.«

54

DER AUSGANG

»Heilige Scheiße!«, rief Ed aufgeregt. »Wir haben's echt geschafft! Leck mich doch am ... verdammt!«

»Das scheint wirklich kein Fake zu sein«, sagte Joy. Vier Rettungskapseln standen bereit. Über ein Schienensystem konnten die Ein-Mann-Kapseln wie Torpedos über Kugelschotts in Schleusen geladen werden. Joy und Ed legten Rick vorsichtig am Boden ab. »Der schwarze Obelisk ... bis hierhin ... ich muss funktionieren«, stammelte der vor sich hin. Dann wurde er ohnmächtig.

»Es sind vier Rettungskapseln«, sagte Joy, »aber bei zwei Kapseln fehlt der Deckel.«

»Es wäre auch zu schön gewesen.« Ed sah sich in der Evakuierungskammer um. »Bevor wir Streichhölzer ziehen, sollten wir gucken, wie die Kapseln überhaupt aktiviert werden.«

Liv ging zu einer Schalttafel. Durch einen Fingerkontakt aktivierte sie einen Touchscreen. »Ich denke, wir haben ein Problem.«

Ed warf einen Blick auf den Bildschirm.

Für die Notfall-Evakuierung geben Sie bitte den Code ein!

»Versuch's mit 10745«, sagte Ed.

Liv gab die Zahlenkombination ein. Nichts passierte.

»Mir schwant Böses.« Ed erinnerte sich an seinen ersten Fluchtversuch, bei dem ihn eine Welle zurückspülte. Und wieder hatte sich die Hoffnung auf Rettung im letzten Moment zerschlagen.

Joy kniete sich neben Rick hin. Sie ergriff seine Hand. »Wir holen dich hier raus, hörst du?«

Rick kam kurz zu Bewusstsein, ohne dass er die Augen öffnete. »Der schwarze Obelisk ... ich muss euch führen ...«

»Ricks Zustand verschlechtert sich«, sagte Joy. »Wir müssen ihn sofort hier rausschaffen.«

Ed betrachtete die Rettungskapseln. Ein kleines Sichtfenster gab den Blick auf das Gesicht frei. Über ein Außendisplay konnte die Vitalfunktion abgelesen werden. Das Logo der weltgrößten Rüstungsfirma GC-Military prangte auf der mit Tarnfarbe überzogenen Kapsel. Ed dachte, dass es sich um eine brandneue Technologie handelte. Derjenige, der die Anlage bauen ließ, hatte Zugang zu geheimen Entwicklungsprojekten. »Ob man sich zu zweit da reinzwängen kann?« Ed fuhr mit der Hand über seinen Bauch. »Ich und du, Joy? Der Konvexe und die Konkave? Ergänzt sich doch wunderbar.«

»Vergiss es.«

»Was machen wir jetzt?«, fragte Liv.

»Ich denke«, erwiderte Ed, »dass der Weg nur über *DIE WAHRHEIT* führt.«

»Du sprichst vom anderen Schott?«, fragte Liv.

Ed nickte. »Wir kommen nicht drumherum. Ihr seht's ja selbst.«

Joy schüttelte den Kopf. »Ich kann hier nicht weg. Rick braucht mich.«

»Rick ist ein Held«, sagte Liv. »Er wollte mich ... er wollte uns alle beschützen.«

»Held ...« Ed seufzte. »Ich hab' mir immer gewünscht, auch mal den Helden zu markieren, wisst ihr, im Mittelpunkt zu stehen. Nicht am Spielfeldrand zugucken zu müssen, wenn sich andere vor den Mädels produzieren. Aber jetzt ist es doch ganz anders, als ich mir das vorgestellt hab'.«

»Wir gehen zusammen«, sagte Liv.

»Bist du dir sicher?« Ed lächelte.

»Zu zweit haben wir größere Chancen.« Liv rückte die Kompressen zurecht, die verrutscht waren.

»Dann lass uns los.« Ed stopfte sein Hemd in die Hose. Die nasse Jeans scheuerte an seinen Schienbeinen. Einen Schluck Whiskey brauchte er, um den Juckreiz zu unterdrücken. Ed schnalzte unwillkürlich vor Verlangen. Ein einziger Whiskey würde genügen.

55

DIE WAHRHEIT

»Wenn wir den Code finden und zurück zu den Rettungskapseln kommen«, sagte Liv, »wie entscheiden wir dann, wer von uns ... also ... wer ...«

»Vielleicht erledigt sich das Problem ja von selbst«, erwiderte Ed. »Wer weiß, wie viele es von uns überhaupt schaffen.«

»Sei nicht immer so zynisch.«

»Na ja, stimmt doch. Durchzählen können wir immer noch.« Ed sah den Flur entlang, der sich vor ihm erstreckte. Das flackernde Neonlicht gab nur wenig Orientierung.

Liv hob eine Puppe auf, die auf dem Boden lag. »In Lucinas Kinderzimmer gab es Hunderte Puppen.«

»Warum sucht dieser Typ nur nach Lucina?«, fragte Ed. »Und was haben wir damit zu tun?«

Liv legte die Puppe wieder am Boden ab. »Er schien verzweifelt zu sein.«

»Verzweifelt? Dieser Bastard?« Ed sah Liv verdutzt an. »Ich meine, verdammt nochmal, wir hätten allen Grund dazu, verzweifelt zu sein.«

»Er muss ein Motiv haben.«

»Ja und? Wen interessiert's?« Eds Blicke tasteten den Flur ab. Das Neonlicht zuckte über sein Gesicht. »Ich steh' ja normalerweise nicht so auf diese Macho-Nummer, aber irgendwie fühlt es sich richtiger an, wenn ich vorgehe. Nicht dass ich mich darum reiße.«

»Einverstanden.«

»Ich hab' befürchtet, dass du das sagst.«

»Du hast vorhin von den vier Schuldigen gesprochen«, sagte Liv. »Um welche Schuld geht es?«

»Keine Ahnung.« Ed schritt voran. »Ich meine, wer hat nicht schon mal Scheiße gebaut. Jeder macht Fehler, gerade wenn man noch jung ist. Mal ehrlich, wir sind doch alle keine Heiligen. Ich denke nicht, dass Schuld verjährt, aber irgendwann muss man es auch mal gut sein lassen. Schon schlimm genug, wenn einen das eigene schlechte Gewissen quält.« Eds Schritte wurden kürzer. »Siehst du das auch?« Er blieb stehen. »Wer ist das?« Der Schatten eines Ventilators wanderte über einen Menschen, der am Boden lag. »Wir sollten ... umkehren ... schnell ...« Ed griff hinter sich, doch Liv war nicht mehr da. Er erschauderte. Ein langer, schwarzer Mantel, klobige Schuhe, ein breitkrempiger Hut – mit jeder Umdrehung zeichnete der Schatten des Ventilators ein weiteres Detail auf den reglosen Körper, der vor ihm am Boden lag.

***

35 Jahre zuvor.
Deutschland, Königssee ...

Armin lag im Kies. Hilflos kämpfte der stärkste Junge aus der Klasse um sein Leben. Mit letzter Kraft hatte er sich nach dem Untergang des Ausflugsboots an Land gerettet. Das Wasser spülte über den Kies, und Armin spuckte es unwillkürlich aus. Ed stand neben seinem Klassenkameraden und betrachtete unberührt das Spiel der Wellen, die ans Ufer schwappten. Dann setzte er direkt neben Armins Kopf einen Fuß in den Kies und beobachtete, was passierte. Sein Schuhabdruck lief mit Wasser voll. Armin hustete. Ed zog Trippelschritt für Trippelschritt weiter. Ein Kanal nahm seine Form an, der mit jeder Welle mehr Wasser zu Armin führte.

Und doch fühlte sich Ed nicht verantwortlich dafür, dass Armins Situation immer aussichtsloser wurde. Dieser Kanal, den er mit den Schuhen in den Kies stapfte, hatte nichts mit seinem Klassenkameraden zu tun, redete Ed sich ein. Es war nicht mehr als ein Spiel, um die Zeit zu vertreiben, bis die ersten Rettungskräfte eintrafen. Sie würden ein verstörtes Kind vorfinden inmitten ertrunkener Schulkinder und ihrer toten Klassenlehrerin.

***

35 Jahre später.
Nordatlantik, auf einer geheimen Anlage ...

Wasser tropfte auf Eds Nase. Der Mann vor ihm lag mit dem Gesicht in einer Blutlache. Ed stieß ihn mit dem Schuh an. Der Mann rührte sich nicht. Ed drehte ihn auf den Rücken. Der Mann schien etwas unter dem Mantel zu tragen. Ed kniete sich hin und knöpfte den Mantel auf. Der Mann trug eine schusssichere Weste. Ein Projektil steckte in der Kevlarplatte. Rick hatte gut gezielt, aber sein Schuss war wirkungslos geblieben. Der Mann trug eine schwarze Maske, die aus hunderten, wenn nicht gar tausenden LEDs bestand, angeordnet wie die Facettenaugen eines Insekts. Vorsichtig zog Ed dem Mann die Maske vom Gesicht.

56

Knapp zwei Monate zuvor.
Südafrika, Waterberg-Massiv, 280 km nördlich von Johannes-
burg …

Aus der Einschusswunde in der Stirn des Geschäftsmanns sickerte Blut. Mike nahm das Geld aus dessen Portemonnaie, um es wie einen Raubmord aussehen zu lassen. Ein paar Meter entfernt, vor einem SUV, lagen die Leichen von zwei weiteren Personen. Mike hatte das gepanzerte Fahrzeug mit den drei Insassen an Bord fast 300 Kilometer verfolgt. Sein Auftraggeber hatte ihm gesagt, dass die Zielperson im Waterberg-Massiv mit seiner Geliebten verabredet war. Das Treffen würde nicht mehr stattfinden.

Mike setzte sich ans Steuer seines GC-Geländewagens, drehte auf der ungepflasterten Landstraße und fuhr in Richtung Johannesburg zurück. Manchmal half ihm der Zufall bei der Erledigung seines Jobs. In diesem Fall war es die schwache Blase des Geschäftsmanns, die einen der Leibwächter am Fuße des Waterberg-Massivs zu einem unfreiwilligen Stopp veranlasst gesehen hatte. Mike nutzte solche Gelegenheiten für gewöhnlich eiskalt aus. Zwei gezielte Schüsse auf die am Wagen wartenden Bodyguards, die ihn für einen Mann hielten, der sich erkundigte, ob Hilfe angesagt war. Wenn die Bodyguards misstrauisch geworden wären, hätte Mike ihnen einen seiner gefälschten Ausweise vorgezeigt. Der Schalldämpfer der GC PPK erwies sich als so effektiv, dass seine Zielperson in keiner Weise alarmiert war. Der Geschäftsmann hatte vollkommen ahnungslos den Reißverschluss seiner Hose hochgezogen und sich umgedreht. In seinem

Gesicht stand noch der Ausdruck der Erleichterung geschrieben, als Mike ihn mit einem einzigen Schuss aus kurzer Distanz tötete.

Mike fragte sich, ob hinter dem Auftrag die eifersüchtige Ehefrau steckte, die sich von ihrem Mann nicht länger demütigen lassen wollte. Im Grunde genommen aber interessierte ihn das Motiv nicht, weswegen er angeheuert wurde. Es war *business as usual*. Routinierte Langeweile. Mike drehte das Radio auf. Südafrikanischer Hip-Hop dröhnte aus den Boxen. Hin und wieder brauchte auch ein Auftragsmörder den Reiz der Herausforderung. Die hatte ihm Bob, die Kontaktperson seines nächsten Jobs, versprochen. Mike gab in das Navigationssystem die Adresse der Stewardess ein, die er auf dem Weg nach Johannesburg kennengelernt hatte. Sein Flug ging erst morgen früh, und die Nacht mit Jennifer wollte Mike sich nicht entgehen lassen. Eine Herausforderung – Mike beschleunigte seinen GC-Geländewagen und hoffte, dass Bob sein Versprechen halten würde.

***

Knapp zwei Monate später.
Auf einer geheimen Anlage im Nordatlantik …

Mike warf das brennende Sturmfeuerzeug auf den Dummy, der sofort in Flammen aufging. Sein Tod musste so realistisch wie möglich inszeniert werden, um die anderen zu täuschen. Von der Hubschrauberlandeplattform aus würde der brennende Dummy wie seine verkohlte Leiche aussehen. Mike zog die Kapuze seines Overalls zurück. Das feuerfeste Material hatte ihm gute Dienste erwiesen, als die Feuerwalze die Fassade hochwanderte. Mike war in hohem Tempo am

Seil hinabgeglitten, damit der Kontakt zu den Flammen so kurz wie möglich ausfiel. Bis auf aufgescheuerte Hände und einen verstauchten Knöchel war er unverletzt geblieben.

Der Korridor, in dem Mike vor den Blicken der anderen Deckung suchte, führte zum unteren Kontrollraum der Bohrinselattrappe. Mikes Verkleidung lag in einem getarnten Spind bereit: klobige Schuhe, die ihn zehn Zentimeter größer machten, ein langer Mantel, ein eigentümlicher Hut und eine von GC-Military entwickelte Tarnmaske. Eine Zielperson war bereits in seiner Gewalt. Mike hatte Kim entführt und sich in brutaler Präzision an ihr ausgetobt. Drei weitere Personen standen noch auf seiner Liste. Normalerweise erledigte er seine Aufträge schnell und leise, doch in diesem Fall wollte der Auftraggeber ein Geständnis erzwingen. Mike stülpte sich die Tarnmaske über und setzte sich den Hut auf. Der komplexe Job begann, ihm Spaß zu machen. Es war die Herausforderung, die er sich seit langem gewünscht hatte.

57

Sieben Stunden später.

Im schwarzen Obelisken …

»Mike!« Die Maske schnappte Ed aus der Hand. Ungläubig strich er sich über die spröden Lippen. »Wie ist das nur möglich?« Ed betrachtete den Mann, der vor ihm lag. Ein Glassplitter steckte in dessen Hals. Aus der Wunde sickerte tiefrotes Blut. »Du bist doch ...«, sagte Ed. »Wir haben gesehen, wie du verbrannt bist.«

Mike röchelte. Instinktiv suchten dessen Hände nach der Wunde am Hals, um die Blutung zu stoppen. Es waren aber keine koordinierten Bewegungen mehr. Ed zog Mike die Maske mit einem Ruck vom Gesicht. Ein Kabel führte zu einer Steuereinheit, die in der Innentasche der Jacke steckte. Ed nahm Maske und Steuereinheit an sich. Ein Fahrstuhl befand sich hinter der Tür am Ende des Flurs. Mike hatte mit letzter Kraft versucht, diesen Fahrstuhl zu erreichen. Das musste einen Grund haben. Ed sah sich um. Mike rührte sich nicht, und von Liv fehlte jede Spur. Ed zog das Gitter des Fahrstuhls zurück. Es gab nur eine Taste:

EG

Der Weg nach unten war vorgezeichnet. Ed betrat die offene Kabine, zog das Gitter hinter sich zu und drückte die Erdgeschoss-Taste. Begleitet von einem schleifenden Geräusch, fuhr die Kabine abwärts. Bald tauchten an der Wand mannshohe Buchstaben auf. Mit jedem Meter, den der Fahrstuhl in die Tiefe fuhr, wurden es mehr. Am Ende konnte Ed daraus zwei Wörter zusammensetzen. Zwei

Wörter, die ihn wie ein pechschwarzer Schatten in die Tiefe
begleiteten:

L
E
X

L
O
V
E
N
B
E
R
G

58

Drei Wochen zuvor.

San Diego, USA. In einer Penthousewohnung im Gaslamp Quarter ...

»Willst du mein Held sein?«, säuselte eine Frau ins Ohr eines Mannes.

»Lucina«, stöhnte der Mann.

»Du hast gesagt, dass du mich beschützt.«

»Das werd' ich auch.«

»Du musst meine Feinde besiegen, wenn du mein Held sein willst.«

Der Mann strich der Frau die Haarsträhnen aus ihrem verschwitzten Gesicht. »Ich versteh' nicht, was du vorhast.«

»Die anderen müssen dafür zahlen, was sie mir und meiner Familie angetan haben.«

»Ich möchte aber nicht, dass jemand getötet wird.«

»Vertraust du mir?«

»Ich hab' dir gesagt, dass ich alles für dich mache.«

»Dann wirst du es für mich tun?«

Der Mann seufzte. »Werden wir zusammen sein?«

Die Frau streichelte über seinen Nacken. »Wir werden zusammen sein. Bis zum Ende.«

Der Mann schloss die Augen. Er küsste die Frau auf den Hals, dann auf den Mund. »Wenn es sein muss, dann geb' ich mein Leben für dich«, flüsterte er ihr ins Ohr.

59

Drei Wochen später.
Im schwarzen Obelisken ...

Ed tastete die Maske ab, die er sich aus Neugier übergezogen hatte. Die Oberfläche fühlte sich weich an. Trotz des scheinbar lichtundurchlässigen Materials, das sich wie eine zweite Haut über sein Gesicht legte, konnte er seine Umgebung ohne Einschränkungen wahrnehmen. Dicht und dennoch transparent war das Material der Maske. Die Kabine des Fahrstuhls hielt an. Die Taste »EG« leuchtete auf, und die Tür öffnete sich. Ed zögerte, dann erst verließ er die Kabine. Eine in dunklen Tönen gehaltene Halle erstreckte sich vor ihm. Es gab keinerlei farbige Nuancen. Die Säulen, die das Gewölbe trugen, waren so schwarz wie der Boden.

»Du hast es den ganzen Weg bis nach unten geschafft.« Die blechern klingende Stimme einer Frau erfüllte die Halle. »Jetzt kannst du deine Maske fallen lassen.«

Eds Blicke fielen auf zwei Särge. Ein Mann und eine Frau waren inmitten der Halle zur ewigen Ruhe gebettet.

»Meine Mutter trug einen besonderen Schleier bei der Beerdigung meines Vaters.« Die Stimme kam aus Lautsprechern, die an den Säulen angebracht waren. »Alle, die zum Begräbnis gekommen waren, schauten sie an. Ich erinnere mich an ihre irritierten und verstörten Gesichter. Ich erinnere mich daran, als wäre es gestern passiert. Weißt du, was für einen Schleier meine Mutter trug? Blutrot war der Schleier. So blutrot wie ihr Kleid.«

»Hier ruht Sayuri von Lovenberg«, las Ed vor. Es war die Inschrift, die auf dem linken Sarg stand.

»Meine Mutter ist nie darüber hinweggekommen, dass die Polizei nach dem Tod meines Vaters keine Ermittlungen eingeleitet hat.«

»Hier ruht Heinrich von Lovenberg«, sagte Ed. Es war die Inschrift, die auf dem rechten Sarg stand.

»Mein Vater nannte mich immer Lucina. Lucina, mein kleiner Lichtschein.«

»Es sind deine Eltern, die hier liegen?«

»Beleidige nicht meine Intelligenz«, sagte die Frau. »Tu nicht so, als wüsstest du es nicht.«

»Du verschluckst keine einzige Silbe beim Sprechen, wie jemand, den ich kenne«, erwiderte Ed in analytischem Tonfall. »Aber ich versteh' das nicht. Es ergibt keinen Sinn. Ich bring dich und diese Person nicht zusammen. Kannst DU das wirklich sein?« Ed wartete auf eine Antwort, doch die Lautsprecher blieben stumm. »Sayuri ... daher der asiatische Einschlag? Ist deine Mutter Japanerin?«

»Sie kommt aus Osaka.«

»Ich kann nicht glauben, dass du dahintersteckst. Du hast mich getäuscht. Uns alle hast du in die Irre geführt. Dass du die GC-Erbin bist ... Ich hab' mich immer gefragt, wer die reichste Frau der Welt wohl ist. Wie sie aussieht. Und was sie für ein Mensch ist.«

»Ich habe mich nie in der Öffentlichkeit gezeigt. Wie mein Vater wollte ich ein Gespenst bleiben. Ein Gespenst, das im Hintergrund die Fäden zieht. Eine gestaltose Herrschaft ist das Credo unserer Familie.«

Ed zog die Maske ab und warf sie auf den Boden. Die Lichter bildeten Muster, die auftauchten, um wieder zu vergehen. Dann wurde die Maske schwarz. Wie aus dem Nichts tauchte einen Augenblick später darauf das Antlitz eines alten Mannes auf, dargestellt aus tausenden LEDs. Der Mann sah

Ed an und begann zu lächeln. Verständnisvoll und gütig. Dann bildeten sich schwarze Flecken auf seinen Wangen, breiteten sich aus und verzehrten das Gesicht wie ein Feuer, das sich durch ein Bild fraß. »Dieses Abbild auf der Maske«, sagte Ed. »Der schwarze Schatten mit Mantel und Hut, der uns verfolgt. Der Mann im offenen Sarg, dessen Gesicht entfernt wurde. Das alles ... es ist alles dein Vater, nicht wahr?«

»Mein Vater war übermächtig. Ein Patriarch der alten Schule. Als Kind habe ich ihn gefürchtet. Wie oft habe ich mich vor ihm versteckt, wenn er in den Raum kam. Das Pochen seines Gehstocks, das Stampfen der schweren Schuhe, die er trug, weil seine Füße verkrüppelt waren. Welche Angst ich vor ihm hatte.«

»Ich versuche, das alles ... ich versuche zu begreifen, was hier vor sich geht. Die Hölle, durch die ich gegangen bin. Es ist doch ... hast du Mike auf dem Gewissen?«

»Armer, armer Mike. So stark und kräftig und doch so nutzlos. Ich dachte, er wäre der geeignete Kandidat, aber er ist nur eine weitere Enttäuschung in meinem Leben.«

»Ist Mike 'n Auftragskiller oder wie soll ich das verstehen?«

»Mike hat seinen Job nicht zu Ende gebracht.«

»Dann stimmt es?«

»Siehst du, wer da in die Falle gegangen ist?«

»Falle?«

»Man sollte nicht zu dicht am Wasser spielen.«

»Was meinst du?« Ed trat an den Brunnen heran, der hinter den Särgen lag. Etwas stand dort an der Innenwand:

107

45

Gestehe deine Schuld und rette dein Leben!

Ed konnte einen Kopf im Wasser erkennen. Rote Haare, ein fahles Gesicht. »Das ist ....«, flüsterte Ed vor sich hin. Es war zweifelsfrei Claas. Und noch eine Leiche war zu erkennen. Die einer Frau. Ihre blonden, langen Haare wogen im Wasser. »Sind das etwa Claas und Kim?«

»Willst du den beiden Gesellschaft leisten? Sie haben geschwiegen. Bis zum bitteren Ende haben sie nichts gesagt.«

»Claas und Kim also. Und ich soll auch so enden? Bin ich einer von den vieren?«

»Ed, Ed«, sagte die blecherne Frauenstimme in vorwurfsvollem, aber beherrschtem Tonfall. »Leugnest du noch immer deine Schuld. Selbst im Angesicht der Toten lügst du?«

»Das ist doch aberwitzig! Ich weiß überhaupt nicht, was du von mir willst.«

»Leugnen wird dir nicht helfen.«

»Komm jetzt raus und zeig dich!« Ed starrte in die Dunkelheit der Gewölbehalle.

»Du kannst es wohl nicht erwarten zu sterben.« Eine Frau trat hinter einer Säule hervor. Eine Netzbandage war um ihr Kinn gewickelt. Die blutgetränkten Kompressen klebten an ihrer durchschlitzten Wange. In einer Hand trug sie einen Aktenkoffer, in der anderen hielt sie eine Pistole.

»Es ist wirklich wahr«, sagte Ed. »Ich verstehe's nicht, aber es ist wahr. Vor mir steht Liv von Lovenberg, Erbin des weltgrößten Konzerns und einflussreichster Mensch auf der Erde.«

»Aus deinem Mund klingt es wie Hohn.«

»Was ist in dem Koffer?«

»Ich denke, das weißt du.«

»War der Koffer für Mike bestimmt?«

»Im Koffer ist der Lohn für seine Arbeit.«

»Geld?« Ed runzelte ungläubig die Stirn. »Warum sollte Mike seine letzten Kräfte mobilisieren, um an Geld zu kommen? Was soll er mit der Kohle anfangen, wenn er hier unten doch verreckt?«

Liv ließ den Koffer fallen und schob ihn mit dem Fuß zu Ed hinüber. »Sieh doch selbst nach, was darin ist.«

Ed zögerte. »Was ist meine Rolle in dieser Scharade? Weshalb bin ich hier?«

»Wie erbärmlich, Ed. Wie erbärmlich, auf solche Art abzulenken. Ich hätte mehr von dir erwartet. Weitaus mehr von einem Mann deiner Intelligenz.«

»Schwachsinn. Was genau willst du von mir?«

»Deine Antwort ist genauso wenig überzeugend wie der traurige Versuch, von deiner Tat abzulenken.«

»Ablenken? Von welcher Tat?«

»Meinst du, du entkommst mir?« Liv hob die Pistole. »Gestehe deine Schuld und ich verspreche dir, dass du keine Schmerzen haben wirst.«

»Teufel nochmal, ich weiß nicht, was du von mir willst!«

»Der Tod meines Vaters!«, schrie Liv in hysterischem Tonfall, um sogleich voller Beherrschung hinzuzufügen: »Wie habt ihr ihn umgebracht? Wie nur konntet ihr ihn in 45 Sekunden gemeinschaftlich töten?«

»Wir ... ihn ... töten?« Ed trat einen Schritt zurück. »Gemeinschaftlich? Bist du total durchgeknallt? Ich kenn' deinen Vater nicht mal, verdammt!«

»Leugnen hat keinen Sinn.«

»Warum Himmel Herrgott soll ich leugnen?«

»Ich weiß alles von dir. Du bist ein offenes, langweiliges Buch für mich.«

»Du weißt alles von mir? So? Da bin ich aber gespannt!«

»Du bist nur einer der unzähligen traurigen Alkoholiker, deren Gedanken zersetzt sind vom Zynismus. Du bist zweimal geschieden, hast drei Kinder. Mit einem IQ von 156 bist du hochfunktionell, aber mit deiner soziopathischen Natur stehst du dir selbst im Weg. Und was sehe ich da noch? Ist es ein Trauma? Sicher wachst du noch immer nachts schweißgebadet auf wegen dieses Bootsunglücks auf dem Königssee.«

»Du weißt davon?«

»Was glaubst du, was GC so groß gemacht hat? Unsere Unkenntnis?«

»Der Unfall ... das geschah aber vor der Digitalisierung. Ihr könnt nichts davon wissen.«

»Kennst du die Beurteilung deines Personalchefs? Soll ich dir sagen, wie er dich einschätzt?«

»Bill ist kein Freund von mir. Sicher ist es nichts Schmeichelhaftes. Aber ich weiß, dass ich für die Firma unverzichtbar bin.«

»Ich denke, du weißt sehr vieles nicht, kleiner, unbedeutender Ed. Laut seiner Einschätzung hast du noch drei Jahre Relevanz für uns. Danach will dein Chef dich wegen der zu erwartenden gesundheitlichen Folgen deines Alkoholismus loswerden.«

»Wow, das ist ja ... was soll ... das ist mal harter Tobak.«

»Ich kenne dich, Ed. Ich weiß, wie du in den Tower hineingekommen bist, dass du eine Stunde bei der Party warst, die ganze Zeit alleine, sieben Whiskey getrunken hast. Ich weiß, dass du nach der Party mit einem Taxi nach Hause gefahren bist, dich vor deiner Wohnung übergeben musstest. Ich weiß, dass du alleine übernachtet hast. Ich weiß alles von diesem Tag.« Liv stampfte wütend mit dem Fuß auf. »Nur, was in den 45 Sekunden passiert ist, während der Fahrstuhl vom Ballsaal nach unten gefahren ist, das weiß ich nicht! Die Kameras im Fahrstuhl, ausgerechnet an dem Tag haben sie nicht aufgezeichnet.«

»Scheiße nochmal ... drei Jahre ...?« Ed wischte sich über die trockenen Lippen. »Ich bin noch fit. So einfach lass ich mich nicht aufs Abstellgleis schieben.«

»Du bist ein Wrack, Ed. Sieh dich an.«

»Wer im Glashaus sitzt, sollte nicht mit Steinen werfen. Was ist mit deinem Dossier? Was zum Teufel ist mit dir?«

»Was mit mir ist, ist ohne Belang.«

»Ach, ich brauch' gar kein Dossier. Lass mich raten. Die gelangweilte High-Society-Göre, die versucht, ihre geerbte Schuld an der Gesellschaft zu tilgen. Sicher hast du immer Charity-Parties gegeben oder warst in gemeinnützigen Organisationen aktiv, um dich als Retterin aufzuspielen. War's vielleicht Amnesty International? Nur diese Leere, die du innerlich verspürst hast, bist du nicht losgeworden. Hab' ich recht? Seinen Depressionen kann man nicht davonlaufen. Das funktioniert nicht so einfach.«

Liv schüttelte den Kopf. Sie sah Ed hasserfüllt an. »Du kennst mich nicht.«

»Wie alt sind deine Eltern geworden? Achtzig? Neunzig? Wir alle müssen sterben. Wir alle verrecken wie die Hunde, aber die Herren von Lovenberg, wenn die abtreten, muss die Welt stillstehen. Dann müssen alle anderen auch leiden. Was soll das hier sein? Hä?«

»Wonach sieht es denn aus?«

»Sollen alle dem Pharaonenpaar in den Tod folgen?« Ed musterte Liv mit verächtlichem Blick. »Was ist? Du sagst nichts? Wie würde man eine solche Person wohl bezeichnen, die so etwas ... was ist das hier? Die Grabkammer des Pharaos? Ein Mausoleum für die Herrscher der Welt? Was ist so jemand, der ein Mausoleum baut? Größenwahnsinnig? Bis zum Abwinken narzisstisch? Verrückt und durchgeknallt? Oder vielleicht alles zusammen?«

»Was ist im Tower passiert?«, fragte Liv ruhig. Sie zielte mit der Pistole auf Ed.

»Wo?« Ed hielt verdutzt inne. »Im Lovenberg-Tower am Alex?«

Liv schoss. Aus kurzer Entfernung getroffen, sank Ed zu Boden. »Scheiße ... scheiße.« Ed stöhnte laut auf, auch wenn er keine Schmerzen empfand. »Du hast mich voll erwischt, du durchgeknallte Schlampe!«

Liv trat näher an Ed heran. »Jetzt gestehe oder ich werde dir ... du wirst dir wünschen, dass du nie geboren wurdest.« Liv drückte den Lauf der Pistole auf Eds Stirn. »Sag mir, was im Fahrstuhl passiert ist. Sag mir, was ihr in den 45 Sekunden mit meinem Vater gemacht habt.«

»Wie konntest du ...? Hast du all das ...? Du ... du bist entstellt.« Ed presste seine Hände auf den Bauch. Blut sickerte aus der Schusswunde. »War das Teil deines Plans? Dass Mike dich zum Monster macht?«

Liv zog die Pistole zurück. »Du weißt nichts von mir. Absolut nichts.«

»Diese Anlage ... hast du ...?« Ed japste nach Luft. »Hast du all das gebaut, nur um dich an den Leuten zu rächen, die für den Tod deines Vaters ... die du verantwortlich machst?«

»Für euch gebaut?« Liv lachte höhnisch auf. »Du hältst dich für so wichtig?«

»Ich ...«

»Du bist nur Ungeziefer. Dreck unter meinen Schuhen ...«

»Und die anderen? Was ist mit Kim und Claas? Oder mit der vierten Person, die du suchst?«

»Ihr alle seid nur ein unbedeutender Teil meines Plans. Nicht mehr als ein Präludium. Ihr seid nur ein klitzekleines Vorspiel. Zur großen Vorstellung seid ihr nicht eingeladen.«

»Du hast mich voll getroffen, du miese Schlampe!« Ed begutachtete die Einschusswunde. Dann ließ er den Kopf auf den Boden sinken. »Armin ... niemals dürfen Zerstörer wie Armin Einfluss und Macht bekommen.«

»Wovon redest du?«

»Damals am Königssee.«

»Königssee? Was heißt hier *Königssee*? Es geschah in Berlin! In Berlin habt ihr gemordet!«

»Ich schäme mich dafür, was passiert ist. So sehr schäme ich mich. Er lag einfach so da. Armin lag da am Strand. Aber das weißt du sicherlich. Habt ihr damals schon Drohnen gehabt? Kann ich mir gar nicht vorstellen ... Armin hat mir jahrelang das Leben zur Hölle gemacht. Und dann liegt er einfach so da. Vollkommen hilflos ... so wie ich jetzt.« Eds Stöhnen ging in einen wütenden Schrei über. »Weißt du, wofür ich mich hasse? Weißt du, weshalb ich immer noch nachts schweißgebadet aufwache? Nicht weil ich einen Kanal mit meinen Schuhen in den Kies getreten hab', damit Armin ersäuft. Nicht weil ich das gemacht hab'. Nein! Diese Ratte hat es verdient zu sterben. Dieses miese Schwein hat mich gequält. Die schönsten Jahre meiner Kindheit hat diese Bestie mir geraubt. Sollte ich ihm da helfen? Wäre das Gerechtigkeit? Ich schäme mich für was anderes. Ich schäme mich dafür, dass Armin mich kannte. Oh ja, und wie er mich kannte! Er hat gewusst, dass ich 'n jämmerlicher Schwächling bin.« Ed schnaufte durch. Blut sickerte durch die Finger seiner Hand. Ed fühlte sich wie ein mit Wasser gefüllter Ballon, der langsam aber sicher auslief. Warum nur empfand er keine Schmerzen? »Ich wollte Armin helfen ... weißt du ...

bestimmt weißt du das ... im letzten Moment hab' ich mich entschieden, dieses Schwein nicht sterben zu lassen. Ich wollte ihn aus dem Kies ziehen. Ich zog und zog, doch es ging nicht. Es ging einfach nicht. Ich hatte nicht genug Kraft. Meine Muskeln haben nicht mitgespielt. Ich hab' ihn nur 'n kleines Stück anheben können. Nicht genug.« Ed hustete. »Armin ist gestorben, weil ich schwach war. Kannst du dir das vorstellen? Ich war das, was Armin mir immer vorgeworfen hat: ein Versager. Und Armin hat es mir mit seinem Tod bewiesen.«

»Es ist vollkommen egal, was am Königssee passiert ist. Glaubst du, deine Biografie interessiert mich? Meinst du, du bist bedeutender als irgendein Sandkorn am Strand? Hier geht es einzig und allein um meine Familie. Es geht um mein Erbe!«

»Oh ja ... natürlich ... wie konnte ich nur? Für Leute wie dich bin ich 'n Witz.« Ed lächelte gequält. »Weißt du, ich dachte, ich wär'n Menschenfeind und Nihilist, aber du stellst mich locker in den Schatten.«

Liv blickte sich ruckartig um, als hätte sie etwas gehört. Blitzschnell sprang sie hinter eine Säule in Deckung. »Es ist schön, dass du uns auch noch Gesellschaft leistet. Dann wären wir also vollzählig.«

60

Fünf Jahre zuvor.
Van 't Hoff-Tower am Alexanderplatz ...

»Sie dürfen hier nicht rein«, sagte der junge Polizist. »Die Spurensicherung war noch nicht da.«

Joy Van 't Hoff presste die Lippen zusammen. »Ich will zu meinem Vater.«

Der Polizist stellte sich ihr in den Weg. »Es ist kein schöner Anblick.«

»Ich muss. Bitte ...« Joy sah dem Polizisten in die Augen. »Ich bin seine Tochter. Hören Sie, seine Tochter!«

Verlegen senkte der Polizist den Blick. »Gehen Sie bitte nur kurz rein. Und berühren Sie ... bitte nur kurz ... die Spurensicherung kommt gleich. Wenn die sehen, dass ich Sie ... verstehen Sie?«

Joy nickte. Der Polizist machte einen Schritt zur Seite, und Joy ging auf das Büro ihres Vaters zu. Ein Teil von ihr wünschte sich, dass der Polizist sie zurückgehalten hätte. Joy stellte sich vor, wie sie schreiend und weinend in den Armen des jungen Mannes lag, ihr Gesicht in dessen Uniform gepresst. Aber sie behielt die Beherrschung. Als Wissenschaftlerin war Joy darauf trainiert, analytisch und berechnend zu denken. Das half ihr jetzt. Es gab keinen Platz für Emotionen. Menschen starben, das war eine der unbestreitbaren Konstanten des Lebens.

Joy hatte das letzte Mal vor einer Woche mit ihrem Vater telefoniert. Sie wusste nicht einmal mehr, worum es ging. Sicherlich hatte er versucht, sie zu überzeugen, ihre Karriere als Biologin aufgeben, um in der Bank zu arbeiten. So, wie ihr Vater es immer tat. Er konnte nicht akzeptieren, dass sie einen anderen Weg einschlug. »Ich überleg's mir«, hatte sie am Ende des Gesprächs gesagt oder eine der anderen Floskeln bemüht, nur um ihn abzuwimmeln. Joy hatte nicht bemerkt, was in ihrem Vater vorging. Wie sehr an ihm nagte, dass GC ihm nach der Finanzkrise die Schlinge um den Hals legte. Der Stolz war stark in ihm. Stärker als der Drang zu leben. Joys Knie wurden mit jedem Schritt zittriger, den sie sich dem Büro näherte. Der Kopf ihres Vaters lag auf dem Schreibtisch. Eine Blutlache war auf dem Parkettboden zu sehen. Das Blut war durch die Ritze der Schreibablage gelaufen, die es wie eine Drainage auf den Boden umgeleitet hatte. Joy hatte die Zeichen des drohenden Selbstmordes nicht gesehen. Nicht sehen wollen.

Ein langer Schatten fiel auf den Schreibtisch. Joy blickte durch das Fenster nach draußen. Immer am frühen Nachmittag war es soweit. Der benachbarte Wolkenkratzer schob sich vor die Sonne. Wie ein unantastbarer Herrscher thronte der Lovenberg-Tower über allen anderen Gebäuden. Es gab einen Grund für den Selbstmord ihres Vaters. Joy ging zum Fenster und betrachtete die Statue, die den wuchtigen Art-Deco-Bau krönte. Der Tod war eine unabänderliche Konstante im menschlichen Dasein — und Rache eine Option.

61

Fünf Jahre später.
Im schwarzen Obelisken ...

»Hast du schon lange gelauscht?«

»Ich hab' genug mitbekommen.«

»Dann weißt du, wer ich bin?«

»Ja, das weiß ich jetzt.«

»Kim, Claas und Ed sind schon hier. Mit dir sind wir vollzählig.« Liv hob die Pistole. »Bringen wir es zu Ende.« Die Fahrstuhltür stand offen, aber die Kabine war leer.

»Pass auf, Joy!« Ed hatte keine Kraft aufzustehen. Blut sickerte aus seiner Schusswunde. Er kroch zwischen die Särge, um dort Deckung zu suchen. »Liv hat 'ne Kanone!«

»Habt ihr gedacht, ich lass euch damit davonkommen?« Liv schlich die Säulenreihen entlang. »Habt ihr gedacht, ihr könnt euch der Rache der Lovenbergs entziehen?«

»Der Rache der Lovenbergs?« Joys Stimme tönte durch die Halle. Sie hatte sich hinter einer der zahllosen Säulen versteckt. »Dann sprechen die Lovenbergs jetzt auch die Urteile?«

»Ich will Gerechtigkeit«, erwiderte Liv. »Gerechtigkeit für meinen Vater!«

»Und da schwingst du dich zur Richterin auf?«

»Mein Vater ist lebend in den Fahrstuhl gestiegen und mit euch nach unten gefahren. 45 Sekunden später ist er tot.«

»Und was sind die Beweise, dass wir für seinen Tod verantwortlich sind?«

»Es gibt keine andere Möglichkeit.«

»Und wenn wir unschuldig sind?«

»Unschuldig?« Liv lachte auf. »Ihr seid alles andere als unschuldig.«

»Ich könnte kotzen, wenn ich dran denke, dass du wie 'ne Klette an mir gehangen hast. Wie du versucht hast, mein Vertrauen zu gewinnen.«

»Ich wollte die Wahrheit aus dir herausbekommen. Ich weiß, dass du zu so einer Tat fähig bist. Du bist schlau, skrupellos und hast ein Motiv.«

»Ich bin skrupellos?«

»Für die Forschung hast du alles geopfert. Selbst deine Kinder.«

»Kind... wage es nicht, dieses Wort in den Mund zu nehmen!«

»Du hast deine Kinder abgetrieben.«

»Es waren Föten. Das weißt du genauso gut wie ich. Sie waren noch nicht lebensfähig.«

»Wenn du das glauben willst.«

»Und du? Wie viele Menschen hat deine Firma in den Tod getrieben? Oder zählt für dich nur das Leben eines Lovenberg?«

»Ja, es stimmt ... du hast recht. Wir ähneln uns in unserer Skrupellosigkeit.«

»Vergiss es! Wir haben nichts gemeinsam. Absolut nichts.«

»Wir beide haben unsere Väter enttäuscht.«

»Schon wieder diese Leier? Hatten wir das nicht schon mal?«

»Bei der Wahl deines Teams hast du aber ein glücklicheres Händchen bewiesen als ich. Weder Claas noch Kim haben geredet. Sie haben nichts gesagt. Bis in den Tod haben sie dich nicht verraten. Und selbst Ed hat geschwiegen. Von ihm hätte ich am allerwenigsten erwartet, dass er euer Geheimnis für sich behalten kann.«

»Mein Team? Wie blöd bist du eigentlich? Wie kommst du drauf, dass ich die anderen überhaupt kenne?«

»Es ist die einzig logische Erklärung.«

»Wann und wo sollte ich die anderen denn getroffen haben? Zeig mir die Fotos! Leg deine Beweise doch auf den Tisch!«

»Was hast du für Vorstellungen? GC ist nicht allmächtig. Wir können nicht alles überwachen.«

»Weißt du, warum keiner was gesagt hat? Weil sie nichts wussten. Du hast verdammt nochmal versucht, aus Unschuldigen Geständnisse herauszupressen!«

»Das habe ich nicht!«, schrie Liv. »Ihr seid alle schuldig. Alle, die mit meinem Vater im Fahrstuhl waren.«

»Wenn du dich an jemandem rächen willst, dann räch' dich an mir.«

»Was? Dann ... das heißt, du gibst zu, dass du schuldig bist?« Liv lauschte, doch Joy antwortete nicht. »Woher wusstet du, dass mein Vater ausgerechnet an dem Tag den öffentlichen Fahrstuhl benutzt? Hattest du Informanten, dass sein Privataufzug gewartet wurde?«

»Du suchst nach einer Erklärung«, erwiderte Joy. »Das kann ich verstehen. Auch ich hab' nach dem Selbstmord meines Vaters nach Erklärungen gesucht.«

»Dann habe ich recht?«

»Weißt du, wie schmerzhaft es ist, dass an unserer Bank jetzt euer Brandzeichen prangt? Weißt du, wie sehr es mich belastet hat, die Buchstaben GC auf unserem Familienwolkenkratzer zu sehen, damals vor vier Jahren, als ich zu dieser Party gegangen bin?«

»Endlich! Endlich redest du! So lange habe ich darauf gewartet, dass die Wahrheit ans Licht kommt.«

»Es war nichts geplant. Ich ließ es einfach geschehen. Ein Jahr nach dem Selbstmord meines Dads.«

»Woher wusstest du überhaupt, wie mein Vater aussieht? Er hat sich nie in der Öffentlichkeit gezeigt.«

»Mein Dad kannte Heinrich von Lovenberg noch aus Studententagen«, sagte Joy. »Sie waren derselbe Jahrgang. Die orthopädischen Schuhe und den langen, altertümlich wirkenden Mantel hat mein Dad mehr als einmal beschrieben. Als ich diesen alten Mann im Fahrstuhl sah, wusste ich sofort, wer da vor mir steht. Ich war wegen meiner Forschungsergebnisse für GC-Biofuels zum Ball in den Tower eingeladen worden. Kannst du dir das vorstellen? Ein Jahr nach dem Tod meines Vaters wurde ich von genau der Firma ausgezeichnet, die ihn in den Tod getrieben hat. Kein anderer wäre dorthin gegangen. Das zeigt sehr gut, wie rational ich bin. Ich kann meinen Hass kontrollieren. Ein Foto von mir auf dem Cover der Firmenzeitung wäre von Nutzen, wenn es um Forschungsgelder geht, hab' ich mir gedacht. Ich wusste nicht, dass ich *ihm* begegnen würde. Dein Vater stand einfach vor mir, als ich den Fahrstuhl betrat. Ich war total überrascht. Und auch ... enttäuscht. Es war ein alter Mann. Da war nichts. Keine Ausstrahlung.«

»Schnapp dir den Koffer, Joy!«, rief Ed im Hintergrund.

Liv legte ihren Finger auf den Abzug. »Mein Vater war ein großer Mann. Größer als jeder andere.«

»Er war schwach«, erwiderte Joy.

»Mein Vater war krank. Er hatte gerade die dritte Herztransplantation hinter sich.« Liv ging einen Schritt auf die Säule zu, hinter der sie Joy vermutete. »Claas, Ed, Kim und du, ihr habt gemeinsam den Fahrstuhl betreten, in dem mein Vater war.«

»Das ist jetzt vier Jahre her. Ich erinnere mich doch nicht an die Leute, die mit mir im Fahrstuhl gefahren sind. Die waren mir auch total egal. Du sagst, es wären Claas, Kim und Ed gewesen? Gut möglich. Ich weiß es nicht. Ich hatte nur Augen für ihn. Ich war wie elektrisiert, den reichsten Mann der Welt zu sehen. Dieser Geist, von dem so viel in der Öffentlichkeit berichtet wurde und von dem nur so wenig bekannt war.«

»Mein Vater legte keinen Wert auf Publicity. Im Gegenteil. Über zwanzig Jahre lang hatte er sich nicht in der Öffentlichkeit gezeigt.«

»Was für 'n verschrobener Freak. Kaum vorstellbar, dass so einer 'n Weltunternehmen führt.«

»Normalerweise nimmt mein Vater immer seinen persönlichen Fahrstuhl, aber nicht an dem Abend.«

»Ich hab' gemerkt, dass es ihm nicht gutging.«

»Was sagst du?«

»Er hat seinen Körper in die Ecke der Kabine gepresst, als suche er nach Halt. Er kramte in seiner Jackentasche herum. Ich erinnere mich gut. Plötzlich hielt er 'ne Dose in seinen zittrigen Fingern.«

Liv ging einen weiteren Schritt auf die Säule zu. »Mein Vater musste Medikamente nehmen für sein neues Herz.«

»Er stand wie erstarrt da, als ihm die Dose auf den Boden fiel.«

»Was hast du mit meinem Vater …?« Liv kniff die Augen zusammen, als wollte sie die Bilder nicht sehen, die ihr Verstand malte. »Was ist dann passiert? Was hast du …?«

»Ich hab's einfach geschehen lassen. Einfach so … ich hab' dagestanden und zugesehen … wie bei einem Experiment … ja, ein Experiment im Labor, das trifft es am besten. Ich hab' nur beobachtet, ohne einzuschreiten. Die anderen im Fahrstuhl haben nicht mal gemerkt, dass dein Vater um sein Leben gekämpft hat. Die starrten auf den Monitor über der Tür, der die Stockwerke nach unten gezählt hat. Irgendein bescheuerter GC-Werbefilm wurde abgespielt, kann ich mir vorstellen. Wie im Hubschrauber, bevor wir abgestürzt sind. Die Musik dröhnte aus den Lautsprechern. Bilder von schönen Menschen, die durch GC ein perfektes Leben führen, und dein Vater verreckt inmitten von Premium-Mitarbeitern der Firma. Eine fast surreale Szene. Und dann … er senkte den Blick. Die Dose lag vor ihm auf dem Boden. Dieser disziplinierte, alte Kauz. Ich hab' mich gewundert, dass er nicht auf sich aufmerksam gemacht hat.«

»Mein Vater war ein stolzer Mann. Mit Sicherheit wollte er nicht, dass jemand seine Schwäche sieht.«

»Stolz war mein Vater auch«, sagte Joy bitter. »Ich hatte keine Rachegelüste in dem Moment … es ist einfach so passiert ... warum? Ich kann's nicht sagen. Ich hab' meinen linken Schuh angehoben und die Dose unter der Sohle begraben.«

»Was hast du getan?«

»Ich hab' meinen Schuh auf die Medikamentendose gestellt. Keine Ahnung, ob es dein Vater überhaupt noch bemerkt hat. Es war sowieso zu spät. Keiner hätte ihm mehr helfen können. Seine Augen waren verdreht. Nur noch das Weiße war zu sehen. Er gab keinen Mucks von sich. Seine Muskeln waren in Disziplin erstarrt. Vielleicht ist er im Stehen gestorben. Ich weiß es nicht. 45 Sekunden, sagst du? Mir kam es länger vor. Der Fahrstuhl hielt an, die anderen stiegen aus. Zuletzt verließ auch ich die Kabine. Dein Vater blieb zurück. Im Augenwinkel sah ich, wie er immer noch stand, als sich die Fahrstuhltür wieder schloss. So ein eiserner Wille. Bis in den Tod.«

»Hol dir den Koffer, Joy!«, rief Ed. »Du musst Liv den Koffer abnehmen!«

»Mein Vater wäre noch am Leben, wenn du ihm geholfen hättest!«, schrie Liv. »Oh, mein Gott! Du hast gestanden, dass

du schuld bist an seinem Tod! Mama, kannst du es hören?«
Liv blickte zum Sarg ihrer Mutter hinüber. »Du hattest recht
gehabt! Vater ist ermordet worden! Die ganze Zeit hast du
richtig gelegen.« Liv spürte hinter sich einen Windhauch.
Dann traf sie ein Schlag im Nacken. Gelähmt von einem
starken Schmerz, ließ sie Koffer und Pistole fallen. Sie
wankte, verlor das Gleichgewicht und stürzte zu Boden.

»Dein Spiel ist aus.« Joy nahm die Pistole an sich.

»Der Koffer!«, rief Ed im Hintergrund. »Nimm den scheiß
Koffer!«

Joy hob den Koffer vom Boden auf. »Was ist da drin?«

»Das habe ich nicht verdient.« Livs Netzbandage mitsamt den
Kompressen war nach unten gerutscht. Benommen kauerte
sie auf dem Boden. Ihre zerschnittene Wange vibrierte beim
Sprechen. »So ein Schicksal habe ich nicht verdient. Ich habe
immer versucht, anderen Menschen zu helfen. Bin ich schuld
daran, reich geboren zu sein? Ich wollte das Erbe nicht. Weit
weg in Singapur war die Welt in Ordnung. Für kurze Zeit war
ich der übermächtigen Verantwortung, die auf mir lastete,
entkommen. Wunderbare, flüchtige Momente. Weshalb all
das? Du tötest deine Kinder, und ich kann keine bekommen.
Ich ersticke im Geld, aber ich werde nicht schwanger. Wo ist
da der Sinn? Kann ich es ändern? Es zählt nicht mehr. Alles
ist vorbei. Meine Familie ist zerstört, die Blutlinie
unterbrochen.«

»Du hast vollkommen recht«, sagte Joy kalt und hob die
Pistole. »Und jetzt stirbt auch die letzte Lovenberg.«

Eine Sirene erklang. Eine auf- und abfallende Folge eines
schrillen Tons erfüllte viermal die Halle. »Jaaaa!«, sagte Liv,
das Gesicht zur irren Fratze verzerrt. »Und ich reiße euch alle
mit in den Tod!«

62

Elf Monate zuvor.
Berlin, Lovenberg-Tower am Alexanderplatz …

Der Mann am Konferenztisch wedelte begeistert mit den Armen umher. Der Laserpointer zuckte über das Szenenbild. Ein Beamer warf eine in düsteren Farbtönen gehaltene Säulenhalle an die Wand. »Mit diesem Budget kann ich eine fantastisch eindringliche Atmosphäre erschaffen«, sagte der Mann. »Die Handlung treibe ich durch geskriptete Events voran.«

»Geskriptete Events?«, fragte ein hagerer Mann um die sechzig. Den Zeigefinger auf die Wange gelegt, betrachtete er reserviert die Präsentation des Game-Produzenten.

»Sie müssen sich das so vorstellen.« Der Produzent legte den Laserpointer auf dem Tisch ab. »Wenn ein Spieler zu einem bestimmt Ort kommt … oder wenn ein Schalter umgelegt wird, jemand eine Lichtschranke auslöst oder auch nur ein Knopf gedrückt wird, dann kommt ein vordefinierter Handlungsstrang ins Rollen.«

»Haben Sie noch nie ein Computergame gespielt, Bob?« Liv von Lovenberg saß an der Stirnseite des Konferenztisches und lächelte amüsiert.

»Ich hab' keinerlei Affinität zu Computerspielen«, erwiderte Bob.

Der Produzent hob die Augenbrauen. »Da haben Sie etwas versäumt, mein Freund.«

»Sie müssen eine alptraumhafte Atmosphäre erzeugen«, sagte Liv. »Die Spieler sollen die intimsten Ängste eines fiktiven Hauptcharakters nachempfinden. Sie müssen durch dieselbe Hölle gehen, durch die diese Person gegangen ist. Verstehen

Sie? Es soll eine Art Manifestation einer alptraumhaften Welt voller quälender Erinnerungen sein.«

»Ich bin Ihnen so dankbar, Frau von Lovenberg, dass Sie auf mich zugekommen sind.« Der Produzent strahlte wie ein Schuljunge, dem eine Ehrenurkunde überreicht wurde. »Das alles, es ist alles möglich.«

Liv faltete die Hände. »Gleichzeitig dürfen die Spieler keinen Verdacht schöpfen.«

»Natürlich, natürlich.« Der Produzent nickte. »Das lässt sich einrichten. Mehrgleisige Handlungsstränge täuschen Komplexität vor. Ihre Freunde werden nicht merken, dass sie am Nasenring durch die Arena geführt werden.«

»Sie müssen Angst empfinden«, sagte Liv. »Todesangst. Sie müssen durch die Hölle gehen.«

»Kunstblut, optische Effekte, eine bedrohliche Geräuschkulisse. Ich verspreche Ihnen eine meisterhafte Vorführung.«

»Es kann nicht alles Fiktion sein«, sagte Bob. Seine hellblauen Augen leuchteten kalt. »Wir werden echte Leichen nehmen.«

»Echte Leichen?« Der Produzent runzelte irritiert die Stirn. »Wie meinen sie das?«

Liv winkte ab. »Bob hat einen Scherz gemacht.« Sie lachte. »Natürlich kommen ihre Latexpuppen zum Einsatz.«

Der Produzent atmete erleichtert aus. »Machen Sie sich keine Sorgen. Es wird so realistisch sein, dass Ihre Freunde keinen Verdacht schöpfen. Bei diesem Budget kann ich aus dem Vollen schöpfen.«

»Die Arena ist gut definiert«, sagte Bob. »Wir haben drei Obelisken, zwei liegen unter der Wasseroberfläche. Im unteren Obelisken befindet sich die Krypta. Alles, was über dem Wasser liegt, ist als Bohrinsel getarnt.« Bob sah zu einem Mann im Anzug, der neben dem Game-Produzenten saß. »Kriegen Sie das hin?«

Der Mann zog seine Brille ab und nahm den Bügel nachdenklich in den Mund. »Elf Monate ... die Zeit ist extrem knapp.«

»Sie haben unbegrenzte Ressourcen«, erwiderte Bob.

»Nun, aus der Sicht eines Ingenieurs ist es kein Problem. Wir haben einen dreiteiligen Schwimmkörper. Am Ende sinkt der schwarze Obelisk auf den Grund des Atlantiks.«

»Ich muss zugeben«, sagte der Produzent, »dass ich das Setting noch nicht ganz verstehe.«

»Stellen Sie sich das wie eine Rakete mit mehreren Stufen vor«, erwiderte der Ingenieur. »Bei jeder Zündung wird ein Teil der Rakete abgesprengt. Bei unserer Anlage ist es ähnlich, nur findet das Ganze nicht im Weltall statt, sondern unter Wasser.«

»Meine Herren, ich danke Ihnen.« Liv nickte wohlwollend. »Das hört sich alles vielversprechend an. Bob wird mit Ihnen die Einzelheiten durchgehen. Und vergessen Sie nicht, dass Sie zu strengster Geheimhaltung verpflichtet sind. Es soll für meine Freunde doch die Überraschung Ihres Lebens werden.« Liv wartete, bis die beiden Männer den Konferenzsaal verlassen hatten, bevor sie fortfuhr: »Wie sieht es mit der Lotterie aus?«

»Es ist alles vorbereitet«, sagte Bob. »Die Lose sind manipuliert.«

»Die Gewinner sollen die Yacht nie erreichen.«

»Ich stelle mir einen Hubschrauberabsturz vor.«

»Das hört sich interessant an.«

»Es bleibt aber noch eine Frage: Was ist, wenn es tatsächlich eine Verschwörung war? Was, wenn die vier sich kennen sollten, auch wenn wir nichts dergleichen recherchieren konnten? Was werden sie denken, wenn sie allesamt in der Lotterie gewinnen?«

»Das ist ja der springende Punkt. Ich will sie aus der Reserve locken. Was auch immer sie bereden werden, wir werden es mitbekommen.«

»Sie werden auf der Anlage Hilfe brauchen.«

»Ich benötige zwei Männer.«

»An wen denken Sie?«

»An einen, der die Drecksarbeit macht. Einen Henker.«

Bob überlegte. »Ich hätte da jemanden im Auge. Ich hab' schon häufiger mit ihm zusammengearbeitet.«

»Und einen, der loyal und ehrlich ist. Der mich begleitet. Er muss mich bedingungslos schützen, egal, was passiert. Ich will aber nicht, dass er den ganzen Plan kennt.«

»Vom Typ her sehe ich einen Marine-Infanteristen.«

»Es wäre nicht schlecht, wenn er gut aussieht. Und seine Fähigkeiten sollten sich nicht auf die eines Bodyguards beschränken, denn … nun … wir werden intim …«

»Ich verstehe.«

»Finden Sie einen Mann mit einem ausgeprägten Beschützerinstinkt. Treffen Sie die Vorauswahl, ich gehe die Dossiers dann durch. Und noch etwas. Zu intelligent sollte er nicht sein, damit er das große Ganze nicht durchschaut.«

»Ich werde geeignete Kandidaten für Sie ausfindig machen.«

»Dieser Obelisk auf dem Grund des Atlantiks ist ein Vermächtnis, Bob. Das Vermächtnis der Lovenbergs für die Nachwelt.«

»Ich erinnere mich, dass Sie schon als kleines Kind von Pharaonen begeistert waren. Sie konnten die Inschriften auf den Gräbern lesen, all die Hieroglyphen entziffern.«

»Die Pharaonen haben ihre Pyramiden weithin sichtbar gebaut. Die Herrschaft der Lovenbergs ist aber gestaltlos. Der Obelisk wird im Meer unsichtbar sein. Unberührt von Menschen, wird das Bauwerk tausende von Jahren bestehen bleiben. Diese Grabkammer wird niemand plündern. Die Blutlinie ist unterbrochen, aber das Vermächtnis der Lovenbergs wird die Zeit auf dem Grund des Atlantiks überdauern.«

»Durch dieses Bauwerk wird der Name von Lovenberg unsterblich.«

Liv nickte in sich gekehrt. »Bob?«

»Ja?«

»Besorgen Sie doch die Leichen, von denen Sie gesprochen haben. Es soll so realistisch wie möglich sein.«

63

Elf Monate später.
Im schwarzen Obelisken …

»Warum hast du sie nicht erschossen?« Ed hatte sich aufgesetzt. Mit dem Rücken lehnte er gegen den Sarg des Patriarchen Heinrich von Lovenberg. Sein Gesicht war fahl geworden. Zunehmend kraftlos presste er eine Hand auf den Bauch. Unaufhörlich sickerte Blut zwischen seinen Fingern hindurch.

»Ich kann Liv ja irgendwie verstehen.« Joy kniete sich neben Ed hin. »Sie sucht einen Sinn in dem, was passiert ist.«

»Wo ist sie hin?«, fragte Ed.

»Es ging blitzschnell. Eine Geheimtür in einer der Säulen.«

»Was Liv wohl vorhat?«

»Nichts Gutes.« Joy beäugte Ed mit kritischem Blick. »Hältst du durch?«

»Ich glaub', die fuckin' Kugel hat meine Leber erwischt.«

»Hast du Schmerzen?«

»Das ist der Vorteil, wenn man 'n Säufer ist«, sagte Ed. »Da ist nur noch Narbengewebe.«

»Hör auf mit diesen dummen Sprüchen.«

»Warum? Der letzte Lacher geht auf meine Kosten. Alles andere hätt' mich auch gewundert.«

»Es tut mir leid, dass ich dich in die Sache reingezogen hab'.«

»Ich hab' dich vollkommen unterschätzt.« Ed wischte sich den Rotz von der Nase. »Es braucht einen Armin, um einen Armin zu besiegen.«

»Wo sind Claas und Kim?«

»Da hinten im Brunnen.«

»Tot?«

»Ertrunken.« Ed blickte über Joys Schulter hinweg. »Wo hast du Rick gelassen?«

»Er ist immer noch bei den Rettungskapseln.« Joy senkte den Blick. »Ihm geht's überhaupt nicht gut.«

»Wird er's schaffen?«

»Ich weiß es nicht.«

»Hoffentlich kommt er durch.«

»Er muss sofort ins Krankenhaus.«

»Krankenhaus ... für mich ist es dafür zu spät.«

»Erzähl keinen Unsinn.«

»Guck nur, wie das Blut aus meinem Wanst läuft. Als hätte man 'nen Stöpsel gezogen. Na ja, Hauptsache, ich hab' keine Schmerzen. Das ist das Wichtigste. Keine Schmerzen. Ich bleib einfach so sitzen, bis es vorbei ist.«

»Du darfst nicht aufgeben.«

»Du und Rick, ihr könnt es schaffen.« Ed warf einen Blick auf den Koffer. »Das muss der Weg nach draußen sein. Mike wollte den Koffer unbedingt haben.«

»Mike liegt tot vorm Fahrstuhl.«

»Ich weiß. Er hatte sich als Lovenberg verkleidet. Eine alptraumhafte Version von Heinrich. Liv muss ihren Vater gefürchtet haben.«

»Gefürchtet und geliebt.«

»Liv hat Mike engagiert, um uns zu foltern und dann zu töten. Kannst du dir das vorstellen?«

»Mittlerweile schon.« Joy ließ die Schnallen des Koffers aufschnappen.

»Ich wusste, dass ich dir schon mal begegnet bin«, sagte Ed. »Du bist eine so schöne Frau. Mit so wachen Augen. Aber dass es auf der Party war? Vier Jahre ist das wieder her. Wie die Zeit doch vergeht. Es ist eine Ironie des Schicksals. Der

Abend meines größten beruflichen Erfolgs war auch der Anfang von meinem Ende.«

»Es steht 'ne achtstellige Zahl drauf.«

»Was?«

Joy holte eine Karte aus dem Koffer. »Acht Stellen.«

»Weißt du, was das bedeutet? Verdammt! Die Rettungs-kapseln! Das muss der Code für die Evakuierung sein!«

Joy runzelte die Stirn. »Vielleicht ist das auch nur 'ne Falle. Die ganze Zeit hat Liv doch mit uns bespielt. Wer weiß, was sie jetzt wieder vorhat.«

»Nein, nein, nein. Mike wollte unbedingt an den Koffer. Er hat sich mit letzter Kraft zum Fahrstuhl geschleppt, um nach unten zu fahren. Sonst wäre er doch gleich zu den Rettungskapseln gegangen. Er wollte … er musste an diesen Code kommen.«

»Bist du dir sicher?«

Ed blickte auf. Wasser tropfte von der Decke herunter. »Der Druck steigt. Du hast nicht mehr viel Zeit.«

»Ich lass dich nicht zurück.«

»Es ist okay.«

»Ich bin aber schuld daran, dass du in dieser Lage bist. Hätt' ich damals was gesagt ... hätt' ich Heinrich von Lovenberg geholfen ...«

»Verstehst du immer noch nicht? Es hätte keinen Unter-schied gemacht.«

»Ich hab' das Schicksal hier verdient, aber ihr, ihr nicht.«

»Versteh doch, wir sind für Liv nur Dreck unter den Schuhen. Wir hatten unser Leben verwirkt, als Heinrich von Lovenberg gestorben ist. Einzig und allein, weil wir mit ihm im Fahrstuhl gefahren sind. Selbst wenn du geholfen hättest, hätte es keinen Unterschied gemacht. Liv hätte uns trotzdem die Schuld an seinem Tod zugeschoben.«

»Glaubst du das wirklich?«

»Es geht Liv nicht mal um uns. Wir sind ihr scheißegal. Sie ist von dieser Blutlinien-Geschichte besessen. Wir sind nur das Vorspiel für ihren Plan.«

»Von welchem Plan redest du?«

Ein markerschütterndes Quietschen durchdrang die Halle. Es hörte sich an, als rieben tonnenschwere Stahlplatten gegeneinander.

»Wir sinken«, sagte Joy mit aufgerissenen Augen. »Wir sinken auf den Grund des Atlantiks!«

»Geh jetzt!«, schrie Ed ihr ins Gesicht. »Geh, bevor es zu spät ist!«

64

Bei den Rettungskapseln ...

Joy blickte sich um. Ihr war, als hätte sie Schritte gehört. War Liv ihr gefolgt? Sie warf einen Blick in die Rettungskapsel, in der Rick lag. Die Augen geschlossen, verlor er immer wieder das Bewusstsein. Nur mit Mühe hatte Joy ihn in die Ein-Mann-Kabine wuchten können.

»Ich muss dich beschützen«, sagte Rick wie im Fieberwahn vor sich hin.

»Es ist alles gut«, erwiderte Joy.

»Ich muss ... muss ...« In innerer Unruhe schüttelte Rick den Kopf. »Ich muss dich beschützen.«

»Es ist alles gut.« Joy klappte den Deckel der Rettungskapsel zu. »Gleich bist du draußen!«, rief sie ihm durch das Sichtfenster zu. Sie ging zur Schalttafel, aktivierte das Display des Touchscreens und gab den achtstelligen Code ein. Warnlampen begannen zu rotieren. Eine Computerstimme erfüllte den in ein rötliches Licht getauchten Raum:

»Sie haben zwei Minuten Zeit bis zur Evakuierung.
Der Countdown beginnt ab ... jetzt!«

Joy legte sich in die letzte Rettungskapsel, die noch intakt war, und zog den Deckel zu. Sicherheitshinweise leuchteten über ihrem Kopf auf. Joy folgte den Anweisungen, streifte sich zwei Gurte über und hielt sich mit den Händen an Bügeln fest, um der Beschleunigung der Rettungskapsel zu begegnen. Durch das Sichtfenster blickte sie nach oben. Rote Lichtfelder wanderten über die Decke. Wenn Liv jetzt auftauchte, war Joy machtlos.

»Sechzig Sekunden!
Begeben Sie sich sofort in die Rettungskapseln!«

Die Lichter in Joys Kapsel erloschen. Eine Zeit lang war es totenstill. Joy roch, dass etwas durchgeschmort war. Es zischte. Funken flogen. Rauch breitete sich in der Kapsel aus. Joy hielt den Atem an.

»Dreißig Sekunden ...«

Der Rauch verdichtete sich. Joy zog an einem Hebel, an dem »Emergency Exit« stand. Der Deckel wurde abgesprengt. Joy hechtete aus der Rettungskapsel und rang nach Luft.

»Zehn, neun, acht ...«

Joy rannte zu Rick. Dessen Rettungskapsel schien intakt geblieben zu sein. Rick schüttelte wie wild den Kopf. Ein Förderband zog die Rettungskapsel zu einem Kugelschott. »Gleich bist du in Freiheit!« Joy klopfte gegen die zentimeterdicke Sicherheitsscheibe des Sichtfensters. »Hörst du? Halt durch! Gleich bist du hier draußen!«

»... drei, zwei, eins ...
Die Evakuierungssequenz beginnt jetzt!«

Rick öffnete die Augen. Er sah sich suchend um, dann erkannte er Joys Gesicht. Verstört blickte er ihr in die Augen. Im gleichen Moment öffnete sich das Kugelschott, die Rettungskapsel wurde wie ein Torpedo in einen Schacht befördert und das Schott schloss sich wieder.

»LUCINA! NEIN!!!«, schrie Rick — doch die Frau, die im schwarzen Obelisken zurückblieb, konnte ihn nicht mehr hören.

65

Drei Wochen zuvor.

San Diego, USA. In einer Penthousewohnung im Gaslamp Quarter …

Ein durchtrainierter Mann kam nackt in die Küche. »Wo bleibst du denn? Ich hab' Sehnsucht nach dir.« Er riss die Frau an sich und küsste sie auf den Hals. »Komm zurück ins Bett.«

Die Frau legte das Mobiltelefon auf der Küchenzeile ab. »Das war Bob. Es geht um die Details des Plans.«

»Bob, immer nur dieser Bob. Wann endlich komme ich denn?«

»Was denkst du?« Die Frau schlang ihre Arme um den Mann. »Du bist der wichtigste Mensch in meinem Leben.«

»Ich will dich beschützen.«

»Dann musst du gegen meine Feinde kämpfen.«

»Aber ich verstehe nicht, was du vorhast. Wir sind glücklich, wie es jetzt ist.«

»Liebst du mich?«

»Ich liebe dich.«

»Sei mein Held. Du musst die vier in den schwarzen Obelisken bringen.«

»Ich möchte dich nur beschützen.«

»Das kannst du. Aber du musst dafür sorgen, dass die anderen den Weg nach unten finden.«

»Aber ich will nicht, dass jemand leiden muss.«

»Du darfst deine Gefühle für mich nicht zeigen. Auf keinen Fall dürfen die anderen merken, dass wir ein Liebespaar sind. Ich habe Schauspielunterricht genommen. Ich werde mit dir zusammen die möglichen Szenarien einstudieren. Wir dürfen nichts dem Zufall überlassen.«

»Musst du dich wirklich an ihnen rächen?«

»Vergiss nicht, wer sie sind. Und wie sehr sie mich verletzt haben.«

Der Mann ließ den Kopf hängen. »Ich werde an deiner Seite stehen, Lucina. Bis zum Ende.«

Die Frau streichelte dem Mann zärtlich über den Nacken. »Rick«, hauchte sie ihm ins Ohr, »du Liebe meines Lebens.«

66

Drei Wochen später.
Im schwarzen Obelisken …

»Was machst du hier?« Ed blickte auf. »Warum zum Teufel bist du zurückgekommen?«

Joy setzte sich neben Ed hin. »Es ist wie auf der Titanic. Viel Stahl, aber zu wenig Rettungsboote.«

»Und Rick?«

»Er ist draußen.«

»Na, Gott sei Dank.« Ed betrachtete nachdenklich das Wasser, das über die Bodenplatten lief. »Rick ist der Beste von uns.«

Joy nickte. »Er hat es verdient.«

Ed begann zu lachen.

»Was hast du?«, fragte Joy.

»Guck dir die Särge an.«

»Ja und?«

»Das Logo auf den Särgen.«

»GC …«

»Das Motto ist wirklich wahr. Global Companion ist ein Begleiter. Ein Begleiter bis in den Tod.«

Die Gewölbedecke öffnete sich. Joy und Ed sahen auf. Etwas fuhr an Stahlseilen in die Halle hinab.

»Was ist das?«, fragte Joy.

»Sieht irgendwie ägyptisch aus.«

»Meinst du, es ist …«

»… ja, es ist ein Sarkophag.«

Mit einem donnernden Geräusch verband sich der Sarkophag untrennbar mit den beiden Steinsärgen von Heinrich und Sayuri Lovenberg.

Ed rieb sich die Augen. »Siehst du, was auf dem Sarkophag steht?«

»Hier ruht Liv von Lovenberg.«

»Was? Soll das heißen ...? Meinst du, dass Liv ... ob sie wirklich da drin liegt?«

»Zuzutrauen wär's ihr. Sie war schwer depressiv, wenn du mich fragst. Ihr Leben scheint für sie eine einzige Hölle gewesen zu sein.«

Ed blickte zu Joy auf. »Und was ist mit uns?«

»Was soll sein?«

»Du hättest dir wohl lieber Rick gewünscht.«

»Rick?«

»Na, an meiner Stelle. Ihr küsst euch. So inniglich. Und dann sinkt ihr eng umschlungen zum Grund des Atlantiks hinab.«

Joy schüttelte den Kopf. »Du und ein Romantiker?«

»Zumindest weiß ich, wie 'n gutes Ende aussieht.«

»Gutes Ende?«

»Was bleibt denn von einem?«

»Du hast drei Kinder. Das bleibt.«

»Stimmt. Nach Livs Rechnung bin ich 'n Gewinner.«

»Und wie fühlst du dich?«

»Ich hab 'ne Kugel im Bauch.«

»Weißt du, Rick ist 'n Traummann. Er ist einfach zu gut, um wahr zu sein.«

»Wenn Rick 'n Traummann ist, was bin ich dann? Die Realität? Die hässliche, betrunkene, übellaunige Realität?«

Joy lächelte, ohne Ed zu antworten. »Geht es schnell, wenn das Wasser eindringt?« Sie sah zur Decke hoch. In welcher Meerestiefe mochten sie sich befinden?

»Genau genommen verbren... nun ... eigentlich ... ich ... ja, es geht schnell.«

»Wann kommt das Wasser?«

»Es kann nicht mehr lange dauern.«

Eine Sirene erklang. Eine auf- und abfallende Folge eines schrillen Tons erfüllte fünfmal die Halle.

Ed schüttelte den Kopf. »Vielleicht sollte ich lieber meine Klappe halten.«

Vor den Fahrstuhl schoben sich tonnenschwere Stahlplatten. Mit einem Knall versiegelten sie die Halle.

»Was passiert hier?«, fragte Joy.

»Ich weiß nicht ...«

Die Wand zu ihrer Linken öffnete sich mit einem Knirschen und gab den Blick auf eine Galerie frei. Tausende Hieroglyphen zeichneten die Ahnenfolge einer Familie nach, die über Jahrhunderte an Einfluss und Macht gewonnen hatte. Es war die Ahnenfolge der Familie von Lovenberg. Am Ende stand in lateinischer Schrift ein Name. Es war der Name Liv von Lovenberg.

»Die ist wirklich größenwahnsinnig«, sagte Joy.

»Zumindest hat Liv 'nen guten Sinn für Dramatik.«

Die Wand zu ihrer Rechten öffnete sich. Die Schwerter nach unten gerichtet, die Blicke gesenkt, standen in einer Nebenhalle hintereinander aufgereiht hunderte überlebensgroße Krieger aus Gold.

»Eine Leibgarde für die Ewigkeit«, sagte Joy, »wie in chinesischen Kaisergräbern.«

»Jetzt wird's langsam Hollywood-mäßig. Was für 'n wilder Stilmix. Erst Art déco, 'n bisschen Klassizismus, dann ägyptisch, nun chinesisch. Wer weiß, was noch kommt.« Ed nahm die Hand vom Bauch und atmete tief ein.

»Hältst du durch?«, fragte Joy.

»Meine Motivation hält sich in Grenzen«, erwiderte Ed, »aber die Show, die will ich mir nicht entgehen lassen.«

67

»Es ist vollbracht.« Bob sah auf seine Armbanduhr. Das GC-Logo tauchte wieder unter dem Sekundenzeiger hervor. »Der Obelisk ist auf dem Grund des Atlantiks verankert.«

Am Konferenztisch herrschte betretenes Schweigen. Nur ein Mann blickte auf. »Was wird denn jetzt aus uns?«

Bob zog seine Armbanduhr ab und legte sie behutsam auf den Tisch. »Ihr Schicksal liegt jetzt nicht mehr in den Händen der Firma.«

»Aber die Erbin, sie kann nicht einfach ... Bob!«

Bob rieb sich über das linke Handgelenk. Die Uhr hatte tiefe Druckstellen hinterlassen. »Für Sie ab jetzt Herr Bernhard Otto Blücher.« Er betonte die Initialen seines Namens über Gebühr: B.O.B.

»Aber Bo... Herr Bernhard ... das ist ... das geht doch nicht so ...«

»Verstehen Sie noch immer nicht?« Bernhard Otto Blücher begann zu lächeln. »Frau von Lovenberg hat keine Kinder. Sie war die letzte derer von Lovenberg. Der Plan ist ihr Vermächtnis.«

»Der Plan, die Firma zu zerstören?« Der Mann sah hilfesuchend in die Runde. Alle hatten ihre Blicke gesenkt. »Bin ich hier der Einzige, der sagt, wie verrückt das ist? GC kann doch nicht zerschlagen werden! Wissen Sie, was das bedeutet? Es wird zu einer weltweiten Wirtschaftskrise ungeahnten Ausmaßes kommen!«

»Wenn du etwas nicht besitzen kannst, zerstöre es«, sagte ein Teilnehmer der Runde vor sich hin. »Wir haben alle Firmen vernichtet, die wir nicht aufkaufen konnten. Und jetzt soll sich unser eigenes Gesetz gegen uns selbst richten?«

»So ist es.« Bernhard Otto Blücher nickte. »Die Lovenbergs können GC nicht besitzen ...«

»... aber ...?«

»... also muss GC zerstört werden. Es entspricht genau dem Geist der Lex Lovenberg.« Bernhard Otto Blücher erhob sich. »Die Erbin hat es in ihrem Testament so verfügt. Und so wird es geschehen. Sie war die letzte von Lovenberg, und ich bin ihre rechte Hand.«

68

Im Nordatlantik, 250 km vor der Küste Schottlands …

Die Rettungskapsel senkte sich auf einen der drei Hubschrauberlandeplätze der Yacht *Love 1*. Zwei Männer in weißen Overalls lösten die Halteseile von der Kapsel, dann drehte die Sea Stallion ab. »Der Typ sieht nicht gut aus«, sagte einer der Männer, als die Rotorengeräusche des Hubschraubers leiser wurden.

Der andere Mann sah durch das Sichtfenster der Rettungskapsel. »Du hast recht. Der ist kreidebleich.«

»Aber wir kommen nicht an ihn ran.«

»Wie dumm … wegen des Druckausgleichs.«

»Wenn wir die Kapsel jetzt öffnen, würde die Luft in seinen Gefäßen sofort ausperlen wie bei einer Sprudelflasche, die man öffnet. Der würde elendig verrecken.«

»Der Typ sieht nicht so aus wie der, der angekündigt wurde.«

»Was?«

»Na, guck dir mal sein Gesicht an.«

»Der sieht einfach scheiße aus. Mehr sehe ich nicht.«

»Was machen wir?«

»Bringen wir ihn in die Dekompressionskammer.«

»Wer hat Dienst?«

»John.«

»Der hat 'ne Sanitäterausbildung.«

»John ist der Einzige, der ihn noch retten kann.«

»Eine Woche. Solange muss er überstehen. Vorher können wir ihn nicht auf die Krankenstation verlegen.«

»Guck dir das mal an.«

»Was?«

Der Mann ließ seine Blicke über die Reling schweifen. Sein Gesicht wurde in ein rötliches Licht getaucht. »Dieser Sonnenuntergang. Fantastisch.«

Der andere Mann nickte. »Echt nicht schlecht.«

»Weißt du, ich liebe meinen Job. Wo sonst bekommt man so was geboten, ohne dafür zu zahlen.«

Ein herzliches **Dankeschön** geht an alle, die mich bei der Veröffentlichung des Romans unterstützt haben, allen voran meine wunderbare Crew: Ingo, Michael, Sylvia, Ilona, Janet und meine liebe Mutter. In Gedenken an meinen lieben Vater Fritz Krepinsky.

Ein besonders herzlicher Gruß geht an meine Lovelybooks-Runden! Es ist immer ein Vergnügen mit euch!

Wie immer gebührt mein großer Dank allen Leserinnen und Lesern, die mir als unabhängigen Autor ihr Vertrauen geschenkt haben.

In Erinnerung an Franziska Pigulla, die meinen Roman Spreeblut mit so viel Herzblut vorgetragen hat.

Einen lieben Gruß an die Mitarbeiterinnen von »Goodies«, »Westberlin«, »Oslo«, »Kala« und die anderen Cafés in Berlin, in denen ich mich zum Schreiben rumgetrieben habe. SomaFM Dronezone ist und bleibt die beste musikalische Untermalung in den eigenen (gemieteten) vier Wänden.

Wenn ihr Fragen und Anregungen habt oder Kritik loswerden wollt, schreibt mir: info@nichtdiewelt.de. **Neuerdings bin ich auch auf Facebook zu finden.**

Ob euch »Blutroter Schleier« gefallen hat oder nicht, schreibt doch eine Rezension und ladet diese in einem Buchportal eurer Wahl hoch. Zwei oder drei Sätze genügen, in denen ihr eure Eindrücke zusammenfasst.

Weitere Bücher von mir (aus unterschiedlichen Genres):

Für alle, die »Akte X« und »Das Parfum« mögen:
Spreeblut (2017): Ein Mystery-Thriller mit einem Serienkiller der besonderen Art.

Für alle geeignet, die düstere Zukunftsvisionen mögen:
Berlin 2039. **Der Tod nimmt alle mit** (2016): Ein hardboiled Noir-Thriller.

Für alle, die schwarzen Humor mögen:
Die sechsteilige **ISombie-Reihe** (eine subversive Zombie-Satire): Angriff der ISombies (2015), Rückkehr der ISombies (2016), Bekehrung der ISombies (2016), Wiedergeburt der ISombies (2016), Geheimnis der ISombies (2018), Vermächtnis der ISombies (2018).

Für alle, die Geduld aufbringen und sich auf eine Geschichte einlassen können:
Nomadenseele (2015): Ein dystopischer Alternativwelt-Thriller.

Für alle, die düsterer, experimenteller Literatur nicht abgeneigt sind:
Nicht die Welt (2011): Eine postapokalyptische Reise in die Abgründe der menschlichen Seele.

www.nichtdiewelt.de

CPSIA information can be obtained
at www.ICGtesting.com
Printed in the USA
LVHW010852300920
667476LV00004B/200

9 783751 983631